THÉÂTRE

DE

ÉMILE BERGERAT

DEUXIÈME VOLUME

HERMINIE — FLORE DE FRILEUSE
ENGUERRANDE

PARIS

SOCIÉTÉ D'ÉDITIONS LITTÉRAIRES ET ARTISTIQUES

LIBRAIRIE PAUL OLLENDORFF

50, CHAUSSÉE D'ANTIN, 50

1900

THÉATRE

D'ÉMILE BERGERAT

THÉATRE D'ÉMILE BERGERAT

THÉÂTRE

DE

ÉMILE BERGERAT

(DEUXIÈME VOLUME)

HERMINIE — FLORE DE FRILEUSE

ENGUERRANDE

PARIS

SOCIÉTÉ D'ÉDITIONS LITTÉRAIRES ET ARTISTIQUES

LIBRAIRIE PAUL OLLENDORFF

50, CHAUSSÉE D'ANTIN, 50

1899

IL A ÉTÉ TIRÉ A PART

2 exemplaires sur papier du Japon.
3 exemplaires sur papier de Chine.
15 exemplaires sur papier de Hollande.

Numérotés à la presse.

HERMINIE

PIÈCE EN PROSE EN QUATRE ACTES

Représentée au théâtre du Parc, à Bruxelles, le 12 avril 1883.

1

PERSONNAGES :

HERMINIE DE MOUSSAC, 28 ans . . . . . Mlle SUDRA.
AGATHE DE VIRANDOT, 25 ans . . . . . Mme HARRIS.
LOUISE, 30 ans . . . . Mlle STUALL.
PIERRE DE LA TOURNELLE, 35 ans. . . MM. CANDÉ.
GEORGES DE MOUSSAC, 35 ans . . . . . ALHAIZA.
CLAUDE DE VIRANDOT, 37 ans . . . . . HUGUENET.
DE CHAMPOULAY, 25 ans. . . . . MAUDRU.
DIVERS DOMESTIQUES.

———

La scène, à Paris, de nos jours.

HERMINIE

ACTE PREMIER

Le salon de l'hôtel de Moussac, à Paris, dans le faubourg de Saint-Germain. Il est sept heures du matin. Ameublement Louis XVI, mélangé de moderne. La porte d'entrée est au fond ; elle ouvre sur un escalier intérieur, venant du rez-de-chaussée et dont on aperçoit la rampe dorée et les murs tendus de tapisseries. L'appartement de Herminie est à droite. L'appartement de Georges est à gauche.

SCÈNE PREMIÈRE

LOUISE, UN VALET DE CHAMBRE, UN CUISINIER, UN COCHER

LOUISE

Voici les ordres. (Au valet.) Vous, Léon, vous resterez au service de M. et Mme de Virandot pendant toute la durée de leur résidence à l'hôtel de Moussac. (Au cocher.) De votre côté, Joseph, vous tiendrez, à leur disposition, jour et nuit, les équipages de votre écurie. (Au cuisinier.) Pour ce qui vous concerne, monsieur le chef, on s'en remet à vos talents, comme d'habitude. Vos gages, messieurs, seront doublés à cette occasion.

LE VALET

Pardon, mademoiselle Louise. De qui émanent les
ordres? De monsieur ou de madame.

LOUISE

Rassurez-vous, de madame. Mme de Virandot est, vous
le savez, sa sœur cadette. Elle l'aime tendrement. « Je
désire, m'a dit notre maitresse, qu'Agathe se croie ici
chez elle. » Telles sont ses propres paroles.

LE VALET

Il suffit, nous saurons nous y conformer. A votre
estimation, mademoiselle, combien de temps durera le
séjour?

LOUISE

C'est l'affaire d'une quinzaine. M. de Virandot vient
d'être élu député. Forcé de résider à Paris, il cherchera
un hôtel à sa convenance, dans les quartiers nouveaux
probablement. M. de Virandot est extrèmement riche.

LE COCHER

Et de quelle nuance, ce père du peuple? Rouge ou
blanc?

LOUISE

Oh! rose, je crois.

LE CUISINIER

Nord ou midi? Huile ou beurre?

LOUISE

Huile, monsieur le chef. Mais Mme de Virandot est
parisienne.

LE CUISINIER

Alors tempéraments incompatibles. Il faudra composer. Je rêve le beurre d'olives et l'huile de lait. C'est faisable, en somme. D'ailleurs, en attendant, il y a le homard qui sauve tout.

LE COCHER

Quand nous arrive ce contre gauche ?

LOUISE

Ce matin même. Quelle heure avez-vous ?

LE VALET, tirant sa montre.

Comme la Bourse, sept heures cinq...

LE CUISINIER, même jeu.

Comme le soleil... Tiens ! elle est arrêtée.

LOUISE

Le train du Midi est en gare depuis une demi-heure. Ils devraient être ici. Madame est levée, habillée et prête à recevoir ses parents ; monsieur, sans doute, ne va pas tarder à sortir de sa chambre. A-t-il sonné pour son déjeuner ?

LE CUISINIER

Oh ! ouiche ! cette nuit encore, M. le comte n'est pas rentré. C'est la seconde !

LOUISE

Est-ce possible ? Depuis quarante-huit heures. Quelle honte !

LE CUISINIER

Son domestique anglais, celui qui le ramasse, enfin Bob, est venu ce matin me réveiller au petit jour pour me demander un bol de consommé froid. Il a versé dedans un demi-litre d'eau-de-vie, pour se donner des

forces. Quel mélange ! Il paraît qu'il court les rues
depuis minuit à la recherche de son digne maître.

LOUISE

A sa recherche ! Pas si haut, je vous en supplie. Est-
ce qu'il ne l'a pas trouvé ? Oh ! mon Dieu ! Que lui sera-
t-il arrivé ? Et madame qui le croit ici ! Et ces parents
qui vont arriver !

LE CUISINIER

M. le comte ne ménage même plus les apparences.
A son cercle, on a dit à Bob qu'on ne l'avait pas vu
depuis la veille, où il avait perdu au jeu une somme
énorme contre M. de Bolskoff. On parle de cent mille
francs.

LOUISE

Cent mille francs !

LE CUISINIER

Oui, et sur parole. Après la partie il est descendu
seul dans la rue, et on ne l'a pas revu, ni ici, ni ailleurs.
Bob doit être en ce moment chez M. de Champoulay, le
meilleur ami de M. le comte et son compagnon de
débauche. S'il n'apprend rien là, il s'adressera à la
police.

LE VALET, sentencieusement.

L'inconduite dans les hautes classes n'a point d'excuse.

LE COCHER

Excepté en Angleterre, à cause du brouillard natio-
nal.

LOUISE, accablée.

Ma malheureuse maîtresse ! La police, cent mille

francs perdus sur parole! Un suicide peut-être et le
déshonneur!

LE VALET

Ah! pour les dettes de jeu, on a quarante-huit heures,
après cela, l'affiche au cercle. Il vaudrait mieux avertir
madame : on sauverait au moins le nom.

LOUISE

Je n'oserai jamais. Ah! une voiture...

LE COCHER, écoutant le bruit.

Ça une voiture? Jamais de la vie. Un sapin, oui. C'est
notre centre gauche rose.

LOUISE, regardant au dehors.

Non, c'est un jeune homme, que je connais pas. Il
est seul. Il regarde l'hôtel, il entre, il monte. Ah! j'ai
peur! — Que voulez-vous, monsieur?

SCÈNE II

LES MÊMES, PIERRE DE LA TOURNELLE

PIERRE entre, s'adressant à Louise.

Mademoiselle, avez-vous ici trois gaillards vigoureux
capables de porter un homme un peu lourd?

LOUISE

Un homme... mort?

PIERRE

Non, ivre-mort seulement. J'en ai un en bas, dans mon fiacre, qui me gêne pendant les cahots, et dont je ne serais pas fâché de me débarrasser.

LOUISE

Mais, monsieur, qui vous dit ?...

PIERRE

Pas d'enfantillages, mon enfant. Cette carte est bien celle du maître de céans. Je l'ai trouvée sur lui, fort heureusement, car je n'aurais su où le réintégrer. Vite, n'est-ce pas ? J'ai soixante heures de vagon dans les reins et je ne serais pas fâché d'arriver chez moi pour me reposer.

LOUISE, aux domestiques.

Pour madame, je vous en prie. (Les domestiques sortent.)

PIERRE

Il y a une Mme de Moussac ? Diable ! Il est rudement saoûl !

LOUISE

C'est la première fois, monsieur, la première je vous le jure.

PIERRE

Mais ça m'est égal. Je ne connais ni votre maître, ni votre maîtresse, même de nom. En descendant de la gare, j'ai vu un homme bien mis qui allait être dévalisé par des escarpes, au coin d'une rue déserte. Ma destinée est de sauver les gens. Je m'appelle don Quichotte de la Manche. C'est pourquoi j'ai sauté dans le tas et j'ai fait cinq cents quelque part sur une tête, une épaule ou un torse, enfin quelque chose de dur. J'ai le poignet un peu foulé par exemple. C'est de la sorte que j'ai pu vous rapporter ce gentilhomme, car dans l'état où il se trouvait, il ne lui était permis de se défendre ! Il ne lui manque rien, voyez ! (Les domestiques passent en portant Georges et ils entrent dans la chambre.) Chut ! sans bruit, camarades ! (A Louise qui s'avance pour regarder le comte.) Non, mon enfant, ne le regardez pas : il a besoin d'un bout de toilette. Salut... (Il va à la porte.)

LOUISE, courant à lui.

Monsieur, monsieur, votre nom !

PIERRE, disparaissant.

Je vous l'ai dit : Don Quichotte. (Il sort.)

LOUISE

Le brave et beau jeune homme ! Voici madame, il était temps.

SCÈNE III

LOUISE, HERMINIE

HERMINIE, entrant par la droite.

Qui sort là ?

LOUISE

Où donc, madame ? Ah ! le tailleur de monsieur.

HERMINIE

C'est étrange. J'ai cru reconnaitre quelqu'un que je n'ai pas vu depuis bien des années. Mon mari est-il levé ?

1.

LOUISE

Pas encore, madame.

HERMINIE

Ah ! — Louise, est-il rentré cette nuit ? A quelle heure ?

LOUISE

Mais comme d'habitude, madame.

HERMINIE

Je ne l'ai point entendu. Je ne m'endors jamais sans avoir reconnu certaine petite toux... Et voilà deux jours...

LOUISE, vivement.

Madame était si lasse hier soir ?

HERMINIE

Lasse ? j'ai lu jusqu'à quatre heures du matin. Louise, je vous en prie, dites-moi si Georges est rentré ?

LOUISE, allant à la porte de Georges.

Que madame s'en assure elle-même ; monsieur est chez lui.

HERMINIE

Vous êtes une bonne fille, Louise, bien dévouée, vraiment! Comment va votre bébé ? En avez-vous des nouvelles ?

LOUISE

J'attends une lettre de la nourrice par le courrier du matin.

HERMINIE

Nous irons le voir un de ces jours, à Orsay, toutes les deux. C'est un garçon, je crois ?

LOUISE

Oui, madame.

HERMINIE

Vous êtes bien heureuse. (Roulement de voiture.)

LOUISE

Cette fois, ce sont les parents de madame.

HERMINIE

Comment « cette fois » ? Il est donc déjà venu quelqu'un ce matin ?

LOUISE, interdite.

Mais... des fournisseurs .

SCÈNE IV

Les Mêmes, AGATHE, VIRANDOT, entrent.

HERMINIE

Ma chère Agathe !

AGATHE

Ma sœur chérie !

(Elles s'embrassent.)

HERMINIE, à Virandot.

Soyez le bienvenu, mon cher Claude... Monsieur le député ! (Elle lui tend la main.)

VIRANDOT

Pourquoi vous êtes-vous levée, Herminie ? Ce n'est pas une heure pour une jolie femme de sortir de sa corolle. Il fait nuit, mais nuit noire. Les réverbères brûlent encore.

HERMINIE

J'avais hâte de vous voir, mes bons parents, mes meilleurs amis. Et la miochée, mes neveux, sont-ils bien portants, gros, gras et gais ?

AGATHE

Ils sont tout cela, tes neveux, tu les verras dans un mois, lorsque nous serons installés à Paris. En attendant, je les laisse au bon air ! Broumm ! Quel froid ici !

HERMINIE

Qu'est-ce que vous allez prendre ? Vous devez être éreintés ?

VIRANDOT

Je vous l'avoue, je dors debout. Ce sont des wagons de Régulus que ces boites du Paris-Lyon.

AGATHE

Le sexe fort ! le sexe députable ! nos maîtres !

HERMINIE

Toi, tu es fraiche et rose.

VIRANDOT

Oh ! elle est Parisienne pur sang ! Elle dort en chemin de fer ! Une dépravée, quoi ! La voilà dans son élément.

HERMINIE

Es-tu jolie ! Tu me fais honte ! J'étais mieux que toi.
Oh ! que je suis contente ! Mon cher Claude, allez vous
reposer franchement. Louise vous conduira à votre
appartement. Il est tout prêt.

VIRANDOT

Je vous demande une heure, pas davantage. Je suis
trop bête ! J'oublie de m'informer des nouvelles de
votre mari. Il va bien, Georges ?

HERMINIE

Très bien. Mais il est comme vous, il lui faut ses
neuf heures de sommeil. Excusez-le.

VIRANDOT

Bon ! laissez-le donc reposer. (Il sort avec Louise.)

SCÈNE V

HERMINIE, AGATHE

HERMINIE

Bien vrai, tu n'as besoin de rien ?

AGATHE

J'ai besoin de te voir, de causer avec toi, de savoir si
tu es heureuse, si tu m'aimes toujours. C'est très gentil
le mariage, mais son défaut est de séparer les insépa-
rables. Il devrait y avoir des congrégations de ménages

où l'on vivrait ensemble. Quelle idée folle ! Bavardons, bavardons, bavardons !

HERMINIE

Parle-moi de toi, Agathe.

AGATHE

Oh ! moi, c'est tout de suite fini : je ne mérite pas mon bonheur. Tout me réussit. Mais toi, si bonne, si belle, si courageuse ! c'est toi qui m'intéresses ! Te rappelles-tu qu'on t'avait surnommée « mademoiselle Perfection ». Qu'est-ce que le mariage en a fait de « mademoiselle Perfection » ?

HERMINIE

Rien de gai. Je n'ai pas d'enfants. Je n'ai pas de mari ; je n'aurai jamais d'amants. Mais te voilà, je ne suis plus seule sur la terre.

AGATHE

Comment, pas de mari ! Et Georges ? Est-ce qu'il ne t'aime plus ?

HERMINIE

Autant qu'il lui est possible d'aimer quelqu'un. Retranche de l'amour la foi et le respect, ajoutes-y quatre ans de possession et pèse ce qui reste. Georges ne croit pas à l'honnêteté de la femme. Ce n'est pas sa faute. Tu sais ce qu'a été sa mère, dans quel triste milieu il a été élevé et quels exemples il a reçus ! De ses deux sœurs, l'une s'est enfuie on ne sait où, avec un ténor à la mode ; l'autre cache ses dérèglements sous le masque dévot. Puis, il a été jeté très jeune dans la vie à une époque où il était de bon ton de ne croire à rien. Il est de cette génération qui a appris à lire dans *Rolla*. Il doute pour douter. A ses yeux, la femme vertueuse est une citadelle qui n'a pas été habilement attaquée, voilà tout, mais qui ne demande qu'à capituler !... Ah! le pauvre garçon ! S'il savait cependant ! car enfin, je ne suis pas encore un monstre !

AGATHE

Ma pauvre sœur ! Je me doutais un peu de tout cela. Mais encore une fois, je croyais que vous vous aimiez.

HERMINIE

Oh ! l'amour des êtres de cette sorte ! Ce serait pire ! Georges a le respect humain de Paris. Il vit avec des gens dont le métier est d'avoir de l'esprit à propos de tout, partout et sur tout. On presse le bouton, il leur sort un mot de la bouche, sur un ruban !... Il rougirait de ne pas faire partie d'un cercle au nom de légume, de n'y pas jouer, de n'y pas souper, de ne pas s'afficher avec des gardeuses de chiens verts ! Il se croit de la décadence ! Il dit qu'il est de son temps ! Il pose « à l'enfant du siècle ». Si encore il était d'une forte santé ! Enfin le mariage a été pour lui ce qu'il est pour les viveurs précoces, quand ils se découvrent la tonsure de la débauche, quelque chose comme un refuge au milieu de la boue des boulevards. Je suis sûre que ma triste vertu est l'objet de paris intéressants entre ses amis et lui, comme dans Boccace, quand ils sont gris.

AGATHE

Gris ! oh ! Herminie.

HERMINIE

C'est parti ! Je ne le reprends point. Plutôt que de l'avouer à tout autre qu'à toi, je mourrais de confusion. Mais il en est là, Agathe, oui, il en est là. Ferme-moi les lèvres, je parle trop. Cette nuit, il n'est pas rentré, l'autre non plus. J'en suis sûre. Je suis allée dans sa chambre, à quatre heures, il n'y était point, son lit n'était point défait. Il vient de passer la dernière borne, et il y dort, dans le ruisseau ! C'est fini. Je m'attends à tout maintenant, puisqu'il brave jusqu'au dégoût de nos domestiques !... Et je n'ai pas même d'enfant !

AGATHE se levant, et résolument.

Alors, venge-toi.

HERMINIE

De quoi ? du mariage ?

AGATHE

Infortunée, tu l'aimes, toi.

HERMINIE

Est-ce que je sais ? Mais non, je ne crois pas. Je ne sais pas. Mais je le méprise bien par exemple. Il se confond pour moi avec la vase où Bob le ramasse.

AGATHE

Écoute. Tu vois Claude, celui qui a l'honneur d'être mon mari ! Eh bien ! il y a un pacte entre nous, car il ne vaut pas mieux que les autres ! Il s'est fait nommer député pour venir à Paris et par conséquent pour s'amuser ! On ne vient à Paris que pour s'amuser ou pour faire fortune, et nous sommes riches. Il espérait que je resterais là-bas, à élever les enfants... Oh ! je l'ai deviné. Il est dans la crise conjugale. Je l'ai compris tout de suite à son programme électoral. Ça les prend à trente-cinq ans.

HERMINIE

Il en a trente-sept, voyons.

AGATHE

Oui, mais nous avons eu deux enfants. Le jour où
M. de Virandot est venu m'annoncer sa députation, j'ai
poussé le verrou et je lui ai tenu exactement ce langage :
« Honorable maître, vous cachez mal votre jeu, je vous
« perce. Mais je vous en avertis ; d'abord je vous
« accompagne à Paris, puis, une fois là, c'est œil pour
« œil, dent pour dent. Telle est ma devise : Pour une
« maîtresse, deux amants ; pour un caprice, deux
« folies ! Et maintenant, en route ! » Voilà comment
j'entends l'honnête femme au XIXᵉ siècle.

HERMINIE

Vous vous adorez, c'est clair.

AGATHE

Jusqu'à ne point admettre les rêves douteux ! Défends-toi, ma noble Herminie. Mariage c'est combat,
défends-toi donc !

HERMINIE

Je ne saurais, et je n'y tiens pas. Pour moi l'honnêteté consiste à être honnête, sans pacte, sans conditions,
quand même ! Je souffre, je perds ma vie, ma force,
ma jeunesse, mais le matin, lorsque Louise me coiffe
devant la psyché, je me regarde dans les yeux et dans
l'âme, et j'ai les yeux fixes et l'âme blanche. C'est
l'important. J'aime mon honneur pour lui-même et tu
me vois aussi fière peut-être de ma douleur que je
l'eusse été du bonheur promis. Je m'étais fait du mariage une idée très haute. J'ai joué ma vie sur un dé,
et j'ai perdu. Mais je montre bon visage et je fais
bonne contenance. Quant à demander ma revanche

aux tripots de l'adultère, jamais ! — j'aime mieux
mourir !

AGATHE

Herminie... Sais-tu avec qui nous avons voyagé dans
le train qui nous amène ? Nous avions un compagnon
de route charmant, un élégant et beau jeune homme,
qui nous a enchantés par sa politesse, ses manières
exquises, et les étonnantes aventures de sa vie. Cherche
un peu.

HERMINIE

Le signalement est bien sommaire.

AGATHE

Ce jeune homme qui porte un des plus beaux noms
de l'aristocratie française, est une manière de chevalier
errant, mais de chevalier errant des idées libérales.
Partout où les opprimés appellent, où les persécutés
pleurent, il y va. Il offre son épée, il propose sa vie
n'ayant pas de fortune à donner, car son seul défaut,
c'est d'être pauvre. Son père était à Venise avec Manin ;
lui, il a été l'un des mille d'Aspromonte. En ce moment,
il revient de Grèce où il a combattu avec les fils de
Botzaris et il nous a conté qu'il s'échappait de prison.
C'est un héros, mais l'être le plus simple, le plus doux,
le plus rieur qui ait jamais fait mentir la légende des
Almanzors mélancoliques que nous rêvons au couvent.
Ajoute à cela qu'il est d'une beauté étrange et d'une
force singulière. Devines-tu ?

HERMINIE, pensive.

Va, je t'écoute.

AGATHE

Il a aimé une adorable jeune fille, créature d'élite,

noble comme lui, comme lui fière et capable de toute
belle action. Mais, comme il était pauvre, le père de
cette jeune fille s'est opposé au mariage. Elle en a
épousé un autre, il reste fidèle à son unique amour ; il
ne se mariera jamais, mais il a donné sa vie à la
liberté.

HERMINIE

Je ne connais personne qui ressemble au portrait
que tu me traces de votre compagnon de voyage, à
moins que tu ne veuilles parler de M. Pierre de la Tournelle, et l'on a récemment annoncé sa mort dans les
journaux.

AGATHE

Ce n'est pourtant point avec un mort que nous avons
causé toute la nuit, dans le wagon. Mon mari lui a
même offert ses services de député, car M. de la Tournelle songe à passer en Irlande ; il a accepté l'offre,
très cordialement, et cela est d'autant plus charmant
que leurs opinions sont diamétralement opposées. Mais
Claude est un bon garçon dont on ferait un républicain
en deux heures. Je vous convertirai, lui a dit le
voyageur en prenant congé de nous, si vous me permettez de vous rendre visite, avant mon départ ! A quoi
rêves-tu ?

HERMINIE

C'est étrange. Ainsi M. de la Tournelle est à Paris
depuis ce matin. Lui as-tu révélé qui tu es, et sait-il
qu'il parlait à ma sœur ?

AGATHE

Non pas. Je te croyais heureuse, et je l'ai vu tranquille.

HERMINIE

Mais...

AGATHE

Quoi ?

HERMINIE

Rien. (Entre un domestique.) Qu'y a-t-il ?

SCÈNE VI

LES MÊMES, UN DOMESTIQUE

LE DOMESTIQUE

M. le baron de Champoulay prie instamment Madame de le recevoir.

HERMINIE

Mais il est neuf heures du matin.

LE DOMESTIQUE

M. le baron m'a enjoint d'insister : il s'agit d'une affaire des plus sérieuses.

HERMINIE, à Agathe.

Ce baron de Champoulay est l'un des compagnons de plaisir de Georges, son admirateur et sa doublure. Pour qu'il se présente ici, à cette heure, il doit y avoir quelque chose de grave. Reste avec moi, je t'en prie.

AGATHE

Je reste donc.

HERMINIE

Introduisez M. de Champoulay.

SCÈNE VII

HERMINIE, AGATHE, CHAMPOULAY

CHAMPOULAY, saluant.

Comtesse. (A Agathe.) Madame.

HERMINIE, présentant Agathe.

Mme de Virandot, ma sœur.

CHAMPOULAY

Je suis au désespoir de troubler votre entretien ; mais si vous le permettez... je reviendrai dans cinq minutes.

HERMINIE

Quelle que soit la nouvelle, monsieur, que vous ayez à m'annoncer et fût-elle aussi grave que je la suppose, vous pouvez parler devant ma sœur.

CHAMPOULAY

Croyez bien, madame, que le profond respect que vous m'inspirez, m'a seul déterminé à la démarche, hors de toutes les convenances, que je risque en ce moment. L'amitié d'ailleurs a des devoirs pénibles, et alors que l'honneur d'un grand nom est en cause...

HERMINIE

Coupons court ; mon mari est déshonoré ?

CHAMPOULAY

Oh ! pas encore ! mais il ne lui reste plus qu'une heure pour l'être : certaines dettes se paient à Paris

dans les quarante-huit heures et avant dix heures; il en
est neuf.

HERMINIE

Georges a perdu sur parole.

CHAMPOULAY

Une somme sérieuse, madame, dont il ne se doute
pas lui-même. Il n'a pas eu conscience de son entraî-
nement, et l'ivresse du jeu, d'autres excuses encore...

HERMINIE

Votre démarche est vraiment d'un ami, monsieur.
Combien ?

CHAMPOULAY

Je n'ose vous le dire.

HERMINIE

Cent mille francs ?

CHAMPOULAY

Juste.

HERMINIE

Mais je le savais.

CHAMPOULAY

Ah ?... C'est que le partenaire de Georges est un
étranger, madame, il part à midi pour Pétersbourg, où
la cour le rappelle.

HERMINIE

M. de Bolskoff, oui. Rassurez-vous, la dette est payée
depuis une heure. Mon mari est passé chez M. de
Bolskoff, n'est-ce pas, ma sœur ?

AGATHE

Il en revient à l'instant, monsieur.

CHAMPOULAY, troublé.

C'est que... assurément.., toutefois...

HERMINIE

Quoi donc ?

CHAMPOULAY

Bob sans doute m'a induit en erreur, ou je ne l'aurai
point compris. Si j'avais su que Georges fût ici, madame,
je n'aurais certainement pas commis l'indiscrétion de
vous déranger à cette heure matinale, surtout pour ce
que j'avais à vous dire. Daignez m'excuser.

(Herminie sonne.)

SCÈNE VIII

Les Mêmes, LOUISE, puis BOB

HERMINIE

Louise, priez Bob de dire à mon mari que M. le baron
de Champoulay le demande.

LOUISE

Oui, madame. Voici Bob. (Entre Bob.)

HERMINIE

Bob, entrez chez votre maître et priez-le de venir.
Eh bien, vous ne comprenez donc pas ? Avertissez
M. le comte de Moussac que M. de Champoulay l'attend
au salon. (Bob reste immobile, consterné et la tête baissée.) (Herminie
lui renouvelle son ordre en anglais.) Tell your master that I want
to speak to him.

BOB tombe aux pieds d'Herminie.

Madame! oh! madame!

HERMINIE, reculant.

Qu'a cet homme?

BOB

Pas trouvé! Couru tout Paris. Pardonnez. Je viens de la Préfecture.

HERMINIE

De la Préfecture! oh! imbécile! Retournez-y tout de suite et dites que votre maître est ici depuis huit heures du soir, qu'on cesse toutes recherches. M. le comte de Moussac a passé la nuit chez moi. Allez. (Bob sort.)

CHAMPOULAY

Je n'ai qu'une chose à vous dire, madame ; pour moi Georges est ici ; je me ferais hacher pour le prouver.

LOUISE

Mais, monsieur, c'est la vérité. M. le comte est dans son appartement, je vais vous mener à lui, si vous le désirez. (Elle ouvre la porte de Georges.)

CHAMPOULAY, regardant sur le seuil.

C'est pourtant vrai. Le voilà qui repose. Eh bien j'ai fait là un assez joli impair. Mesdames! Oh! quelle bourde! (Il entre chez Georges.)

SCÈNE IX

HERMINIE, AGATHE, LOUISE

HERMINIE, à Louise.

Comment ! Est-ce qu'il est chez lui ? A quelle heure
est-il donc rentré ?

LOUISE

Je l'ai dit à madame, comme d'habitude.

HERMINIE

Oh ! voyons ! Je suis allée chez lui, cette nuit, il était
quatre heures. Je sais à quoi m'en tenir. Qui est-ce qui
l'a ramené ? Ce n'est pas Bob, vous venez de le voir.

LOUISE

Cependant M. de Champoulay...

HERMINIE

Ah ! je sais ! Cet homme que j'ai vu sortir tout à
l'heure et que vous m'avez donné pour un fournisseur...
c'est lui ! Oui, c'est lui. Il ramenait le comte. Comment
s'appelle cet homme ?

LOUISE, inconsciemment.

Je n'en sais rien, madame.

HERMINIE

Vous voyez bien. Ce n'est donc pas un fournisseur.
Son nom ? Vous ne lui avez pas demandé son nom ?
Mais vous êtes folle !

2

LOUISE

Je le lui ai demandé, madame, mais il m'a répondu par une plaisanterie.

HERMINIE

Mais votre devoir était de m'appeler.

LOUISE, doucement.

Non, madame.

HERMINIE

Mais si ! Vous ne comprenez donc pas qu'il y a désormais un étranger qui sait ce qui se passe ici, qui connaît ma honte, qui a le droit de me plaindre. (A Agathe.) Ah ! tu arrives bien, ma pauvre Agathe !

AGATHE

Calme-toi, rien n'est perdu. Mais cet homme, Louise, il vous a parlé, il vous a dit quelque chose. Vous le reconnaîtriez ?

LOUISE

Il m'a dit qu'il avait sauvé la vie à monsieur, qu'il avait trouvé la carte de monsieur sur lui et que c'est grâce à cette carte qu'il avait su son adresse.

HERMINIE

Tu vois ! il sait mon nom ! Et je ne sais pas le sien ! C'est atroce !

AGATHE, à Louise.

Et puis ?... Rappelez-vous.

LOUISE

Je crois avoir entendu... je suis bien troublée, madame... qu'il venait de faire soixante heures de chemin de fer.

HERMINIE, se dressant.

Hein !

AGATHE, à part.

Oh ! ce serait extraordinaire ! (Haut.) Comment est-il ? Grand ?

LOUISE

Oui.

AGATHE

Moustaches blondes très fines ? les yeux noirs ? l'expression souriante ? la voix haute ? des mains d'enfant ? un air délibéré ?

LOUISE

Oui, tout cela ! On dirait que madame le connait.

HERMINIE

Le sort ne m'en épargne pas une. Viens, Agathe, je m'effondre de honte. Georges ramassé par Pierre ! Viens, cette fois je pleurerais.

(Elles rentrent chez Herminie.)

SCÈNE X

LOUISE, VIRANDOT

LOUISE

Pauvre femme ! Et si elle savait tout encore ! Quand je songe qu'elle veut venir à Orsay, voir mon enfant. Oh ! jamais.

VIRANDOT, il entre en s'étirant.

Ah ! ça va mieux ! Quelle heure est-il donc ? J'ai

faim, moi ; mademoiselle, est-ce que ces dames sont sorties ?

LOUISE

Non, monsieur, elles viennent de rentrer chez madame.

VIRANDOT

Et Georges ? Est-il enfin debout, le paresseux ?

LOUISE

Le voici, monsieur, avec M. de Champoulay.

(Elle sort.)

SCÈNE XI

VIRANDOT, CHAMPOULAY, GEORGES

GEORGES, frais et souriant.

Mon petit baron, je vous flanquerai un coup d'épée pour l'absurde service que vous m'avez rendu en venant ici. On n'est pas plus maladroit. Maintenant si vous voulez déjeuner avec nous, je vous présente mon beau-frère, M. de Virandot.

VIRANDOT

Monsieur.

CHAMPOULAY

Ah ! monsieur ! Vous avez une bien jolie femme !

GEORGES, riant.

Eh bien ! il ne vous l'envoie pas dire ! Comment va-t-elle ?

VIRANDOT

A merveille. Et vous ? Vous avez l'air fatigué, Georges.

GEORGES

L'abus du travail, beau-frère.

VIRANDOT

Vous travaillez, vous ?

GEORGES

D'abord je travaille... à mon salut. C'est très pénible ! Tenez, je viens d'envoyer cent mille francs à un prince russe pour une fondation pieuse.

VIRANDOT

Ah ! un prince russe ?

GEORGES

Quand je dis que je viens de les envoyer, c'est par la pensée, car je ne les ai pas. Mais vous avez cela vous, Virandot ?

VIRANDOT

Sur moi, non.

GEORGES

Qu'est-ce que vous venez faire à Paris alors ? A propos, vous êtes donc député ? Pourquoi ?

VIRANDOT

Comment, pourquoi? Mais pour l'être.

GEORGES

Et puis pour l'avoir été. C'est comme les courses, on y va pour en revenir. Eh bien ! non, vous savez, votre

2.

députation, je ne coupe pas dans le pont. Un homme politique, vous ; ce n'est pas vrai. Vous êtes venu à Paris pour vous dégourdir. Malheureux ! Je vous recommande môn ami de Champoulay, un initiateur modèle, qui sait sa capitale sur le bout du doigt. Il sera votre Falstaff, et vous mènera dans les bons cabarets. C'est mon élève, saluez.

VIRANDOT

Mais je serai très flatté. Je crois en effet que j'ai besoin de me dégourdir. Je ne suis pas au ton. Mais ne craignez-vous pas qu'on nous entende ?

GEORGES

Oh ! ce pauvre Virandot ! Vous en êtes là. Mais voilà qui change les choses. Conseil d'ami et de parent, mon cher Claude. Si vous aimez votre femme, démissionnez et filez. On ne fait pas de confitures ici.

VIRANDOT

Mon Dieu, je n'ai pas positivement l'intention de me rouler dans la débauche, non. D'ailleurs, je suis tenu par un pacte conjugal.

CHAMPOULAY, jouant l'effroi.

Un pacte conjugal ! Qu'est-ce que c'est que ça ?

VIRANDOT

Une plaisanterie de Mme de Virandot ; voici : en cas d'infidélité, elle se réclame de la loi du talion : pour une maitresse, m'a-t-elle déclaré, c'est un amant que je t'oppose. Vous voyez, messieurs, qu'il ne s'agit que de rire. (Il rit.)

GEORGES

Elle est si spirituelle que ça, ma belle-sœur ?

CHAMPOULAY, à Georges.

Comte, je ne le quitte plus. Lâchez-le-moi. Ce pacte.
Oh ! ce pacte de province.

GEORGES, à Virandot.

Beau-frère, vous avez de la chance. Je suis en veine
de vertu ce matin, votre candeur m'intéresse. Suchez
donc ceci, et répétez-vous-le à toute heure du jour et de
la nuit... A Paris, il n'y a jamais eu, il n'y aura jamais,
il ne peut pas y avoir de femme honnête. Rendez le
mandat.

VIRANDOT

Pardon, Georges, et la vôtre ?

GEORGES

Oh ! la mienne, je l'honore profondément. C'est une
créature hors ligne, pleine de cœur, de courage et
d'honneur. Mais sa force consiste à ne pas se promener
dans les jardins où il y a des pommes. Loin de moi la
sotte prétention de croire que je suis invulnérable ; je
ne mérite même pas d'avoir été préservé si longtemps,
car je ne suis pas la fleur des pois et ma vie n'est pas
des plus exemplaires.

CHAMPOULAY

Vous vous calomniez. (A Virandot.) Il est de la Société
protectrice des animaux.

GEORGES

Tous les boulevardiers en sont. Sensiblerie des races
décadentes ! Nous sommes de la décadence.

CHAMPOULAY

Parlez pour vous.

GEORGES

Vous, baron, vous êtes de la pourriture.

CHAMPOULAY

C'est possible, mais j'ai au moins ceci pour moi que lorsque je rencontre la vertu parfaite, je lui rends hommage. J'ai vu Mᵐᵉ de Moussac à l'œuvre, il n'y a pas une demi-heure, et je sais ce que c'est qu'une sainte

GEORGES

Une sainte, qui n'a pas vu le diable !

VIRANDOT, à Georges.

Franchement, mon cher ami, je vous le dis comme je le pense, votre aveuglement m'attriste. Vous ne méritez pas d'avoir Herminie pour femme. A vous entendre, on croirait que l'occasion seule lui a manqué pour forfaire et que vous la jugez incapable de résister à un entrainement. Elle vous donne depuis quatre ans un démenti quotidien. Conseil pour conseil, je vous avertis que vous n'avez pas les honnêtes gens pour vous. J'ai dit.

CHAMPOULAY

De l'éloquence maintenant ! Ah ! mais ! ah ! mais !

GEORGES

Honorable père conscrit, je n'ai pas parlé d'entrainement. J'ai parlé de l'amour. Où est l'honnête femme qui résiste à l'amour ? Partons ensemble, et faisons le tour du monde pour la chercher ! Que voulez-vous, j'en ai trop vu, je ne crois pas. Ce n'est pas ma faute.

VIRANDOT

Vous jouez gros jeu avec la vie !

GEORGES, gravement.

Non, si je n'y joue que la vie !

VIRANDOT

Eh bien, mais, la vie, c'est important !

GEORGES

Pas la mienne ! Ou j'ai raison de ne pas croire, ou
j'ai tort. Si j'ai tort, ma vie est celle d'un lâche et d'un
imbécile ; il est donc fort inutile que je persiste à vivre.
Si j'ai raison, et si Herminie elle-même ne doit pas
résister à un amour digne d'elle, dont les plus sévères
l'absoudraient, il est encore de mon devoir de disparaître en homme délicat et en gentilhomme. Je parle
très sérieusement.

VIRANDOT

Diable ! en êtes-vous là, Georges ?

GEORGES

Je table sur une doctrine formelle, voyez-vous, et sur
une expérience sans erreur. L'honnête femme... c'est
la femme laide et dans le désert encore. Prêtez-moi
cent mille francs, beau-frère ?

VIRANDOT

De tout cœur.

GEORGES

Merci. Entrons saluer ces dames. (Il va à la porte d'Herminie.)

SCÈNE XII

LES MÊMES, LOUISE

LOUISE, sortant de chez Herminie.

Madame prie monsieur le comte de vouloir bien l'excuser, il lui est impossible de le recevoir aujourd'hui. Madame est souffrante.

GEORGES

Elle me ferme sa porte ! Tiens ! A propos. Comment donc suis-je ici, moi? Messieurs, si vous le voulez, nous continuerons notre causerie au café Anglais. Rendez-vous dans un quart d'heure.

CHAMPOULAY

Convenu... (A Virandot.) Parlons donc de ce pacte, cher monsieur, de cet adorable pacte...

(Ils sortent bras dessus bras dessous.)

GEORGES, à Louise.

Qu'est-ce qui m'a ramené ce matin ? Est-ce Bob ?

LOUISE

Non.

GEORGES

Ah ! Vous savez qui?

LOUISE

Non.

GEORGES

L'enfant va bien, Louise ?

LOUISE

Non.

GEORGES

A-t-il besoin de quelque chose ?

LOUISE

Non.

GEORGES

Pardieu, vous ne m'aimez pas, ma charmante ?

LOUISE

Non. (Elle rentre chez Herminie.)

GEORGES

Je ne suis pourtant pas un méchant homme. Bonjour.
— Ah çà ? quel peut être le chiffonnier bienfaisant qui
m'a rapporté ici ? (Il sort.)

ACTE DEUXIÈME

Chez Virandot.

SCÈNE PREMIÈRE
VIRANDOT, CHAMPOULAY

VIRANDOT

Baron, baron, épargnez en moi le produit d'une majorité écrasante. Traînerai-je le représentant de quatre mille cinq cent vingt-quatre conservateurs sur le tapis d'une sirène ?

CHAMPOULAY

Ah ! le tapis de la sirène ! Des algues, des algues ! Soignez donc vos métaphores.

VIRANDOT

Enfin, que vous a-t-elle dit de moi ?

CHAMPOULAY

Des choses à fondre un bloc de neige. Celle-ci, par exemple. Pour un simple député, il n'est pas trop godiche, mais pour un député rural, il est inouï.

VIRANDOT

Cette Balsamine ! Mais inouï a plusieurs sens. Il veut dire aussi : inentendu. Est-ce une pointe contre ma réserve systématique à la Chambre ?

CHAMPOULAY

Au contraire, elle aime les gens discrets. Elle m'a encore demandé quel âge vous pouviez avoir ; je lui ai répondu que vous pouviez avoir tous les âges. Enfin elle m'a chargé pour vous d'une commission... mais je l'ai déclinée. Ça allait trop loin.

VIRANDOT

Quelle commission, mon ami ?

CHAMPOULAY

Non, vous êtes encore trop... marié, trop vieux jeu, trop prix Montyon. Oh! vos progrès sont immenses. Je l'ai dit à Balsamine : ses progrès sont immenses. Mais de là à un souper !...

VIRANDOT

Il s'agissait d'un souper chez Balsamine ? Mais, vous savez, baron, j'irais... si je voulais y aller...

CHAMPOULAY

Parbleu ! D'abord vous y seriez en famille. Georges en est, de fondation.

VIRANDOT

Allons donc ?

CHAMPOULAY

Pourquoi n'en serait-il pas ? Quand on est marié, on

3

va partout. Ah! vous avez de la veine, vous autres! Elles n'ont d'yeux que pour vous. Moi, malheureux célibataire, je suis obligé de m'imposer.

VIRANDOT, riant.

Baron, qu'est-ce qu'il dit à sa femme quand il soupe chez la Balsamine?

CHAMPOULAY

Qui, Georges? Il ne lui dit rien. Ça ne se dit pas, Virandot. A Paris, un homme du monde ne dit à sa femme que ce qui l'intéresse.

VIRANDOT

Elle peut l'apprendre cependant?

CHAMPOULAY

Bah! par les journaux seulement.

VIRANDOT, boudissant.

Comment! par les journaux? Ils racontent ces choses?

CHAMPOULAY

Que raconteraient-ils par ces temps gris? Supprimez de Paris le scandale, dix feuilles du matin disparaissent faute de texte. Aussi quel huis-clos pour un innocent dîner chez une comédienne! — car Balsamine est artiste. Elle a joué le rôle de l'araignée de mer dans une féerie. Elle est célèbre. Ses soupers sont très courus. Représentez-vous un petit hôtel mystérieux, au fond, tout au fond d'un jardin; pas de portes, pas de fenêtres! Vous pourriez chanter les Huguenots là dedans sans qu'il en transpire un bémol. Et quelle compagnie, mon cher!

Rien que des... incognitos ! D'ailleurs Balsamine est
veuve. Elle a perdu son prince !

VIRANDOT

Comment perdu ? aux cartes ?

CHAMPOULAY

Joli. Je le recaserai. Enfin depuis huit jours que ce
pauvre Bolskoff est parti, vous êtes le premier qui l'ayez
fait rire.

VIRANDOT

Ah ! si j'en étais sûr !

CHAMPOULAY

Naturellement on constate ces choses-là soi-même.

VIRANDOT

Baron ?

CHAMPOULAY

Quoi, cher ami ?

VIRANDOT

Nous avons les séances de nuit, pour des occasions
pareilles.

CHAMPOULAY

Vous les avez. Ce suffrage universel ! il a tout prévu !

VIRANDOT

Vous me jurez qu'elle m'avait invité à ce souper ?

CHAMPOULAY

Parfaitement. Mais soyez sans inquiétude. Je vous ai

excusé. Je lui ai dit quel mari vous étiez! Elle n'a pas insisté : elle a dit simplement : Ah!

VIRANDOT

Je ne veux pas être ridicule. — J'irai...

CHAMPOULAY

Ne faites pas ça.

VIRANDOT

On n'en meurt pas. Que diable ! Pour une fois !

CHAMPOULAY

Et ce pacte, ce terrible pacte conjugal! Ah! que je regrette d'avoir parlé! Sauvez-vous de vous-même, Virandot. Il y va d'une riposte double !

VIRANDOT

J'aurai le bouclier de la diplomatie. Tout député contient un Talleyrand caché.

CHAMPOULAY

C'est un vers ! Il parle en vers, mon Dieu! Qu'allez-vous faire ?

VIRANDOT

Écrire. Je ne suis pas un député parlant. C'est devant ma table que je me possède. J'ai l'éloquence du papier. Où nous trouverons-nous ?

CHAMPOULAY

Au Cercle. Mais vous savez que je vais tout dire à Mme Virandot.

VIRANDOT

Farceur de Champoulay.

CHAMPOULAY

C'est mon devoir. C'est mon rôle d'ami.

VIRANDOT

Ah! que c'est drôle! A tout à l'heure. (Il sort.)

CHAMPOULAY

Il ne dira pas que je t'ai pris en traître.

SCÈNE II

CHAMPOULAY, AGATHE

AGATHE

M. le baron de Champoulay! C'est dire que mon beau-frère n'est pas loin. Par quelle bonne chance, monsieur ?

CHAMPOULAY

Je viens savoir, madame, s'il vous serait agréable d'assister ce soir à la nouvelle conception d'Hervé : *Louis III et Carloman*, quatre actes, avec ballet. C'est une pièce historique. Je suis détenteur d'une loge que je me permets de mettre à vos pieds. Elles font horriblement prime.

AGATHE

Je vous remercie, je ne vais au théâtre qu'en payant.

CHAMPOULAY

Je vous croyais Parisienne ! Je me serais honoré de vous accompagner, madame.

AGATHE

Tout l'honneur eût été pour moi. (A part.) Qu'est-ce qui lui prend, à ce jeune ravagé ?

CHAMPOULAY

J'aurai, je crois, au moins le plaisir de vous rencontrer au prochain bal de la présidence. Voulez-vous m'autoriser à m'inscrire dès à présent sur votre carnet pour la première valse ?

AGATHE

Croyez à tous mes regrets ; elle est promise.

CHAMPOULAY

Pour la deuxième, alors ?

AGATHE

Je n'en danse jamais qu'une.

CHAMPOULAY

J'envie votre heureux cavalier.

AGATHE

C'est mon mari.

CHAMPOULAY

Raison de plus.

AGATHE

Oh ! mais c'est une déclaration. Mais vous perdez votre temps, cher monsieur... absolument.

CHAMPOULAY

Ce m'est un cruel déboire que de vous déplaire... Mais c'est d'abord ce qui m'arrive avec les femmes...

Seulement je ne perds jamais l'espérance... J'attends.

AGATHE

Sans doute il y a des ormes dans votre jardin ?

UN DOMESTIQUE, entrant.

Une lettre pour madame.

AGATHE

Je connais cette écriture. Oh ! par exemple oui, je la connais. Qui donc est-ce ? Vous permettez ?

CHAMPOULAY, à part.

Voyons la diplomatie assise de Virandot.

AGATHE, lisant.

« Ne m'attends pas ce soir, chère amie. Séance de « nuit. Je dine à Versailles. » — Je n'avais pas reconnu l'écriture de Claude !

CHAMPOULAY, riant.

Ah ! ah !

AGATHE

Vous riez de cette lettre, monsieur ?

CHAMPOULAY

Je ris de la séance de nuit. Le mercredi, il n'y a pas de Chambre, madame. (A part.) Vlan ! le coup du pacte !

AGATHE

C'est pourtant vrai. (Au domestique.) Attendez. (Elle écrit.) « Mon cher mari, cela tombe à merveille. Je vais ce « soir à la première de *Louis III et Carloman*. M. le « baron de Champoulay veut bien me tenir compagnie

« et m'offrir une place dans sa loge. Il te remplacera
« dignement auprès de ta languissante... Agathe. » —
Portez cela. (Le domestique sort.)

CHAMPOULAY

Oh ! madame, quelle ivresse !

AGATHE

A ce soir donc, et veuillez amener l'un de vos amis.

CHAMPOULAY

Un tiers, pourquoi ?

AGATHE

Ce n'est pas un tiers, c'est un deuxième. Il y a deux
dans le pacte. A ce soir.

CHAMPOULAY

Merci ! Et maintenant chez Balsamine ! Il faut qu'elle
me rende le service de garder le Virandot. (Il sort.)

SCÈNE III

AGATHE, puis UN DOMESTIQUE, puis PIERRE

AGATHE, seule.

Un mensonge, déjà ! Eh bien, je me mets en garde
Ah ! si ma pauvre Herminie en avait fait autant dès le
début !

UN DOMESTIQUE

Le monsieur dont voici la carte prie madame de le
recevoir.

AGATHE, lisant.

« Pierre de la Tournelle. » — Ah! je crois bien.
Faites entrer tout de suite.

PIERRE, saluant.

Madame.

AGATHE

Voilà qui est aimable de tenir ainsi ses promesses.
Je vous croyais parti, sans reproches.

PIERRE

Je pars demain. Et comment se porte notre cher
député malgré lui? J'aurais plaisir à lui serrer la main :
c'est peut-être la dernière fois.

AGATHE

Décidément, vous allez en Irlande?

PIERRE

Je devrais y être, madame. La révolte bat son plein.
Les pauvres gens n'auraient qu'à être massacrés sans
moi, je ne m'en consolerais pas.

AGATHE

Il est heureux que vous ne soyez pas marié, monsieur
de la Tournelle.

PIERRE

Mais je le suis, madame.

AGATHE

Est-ce possible?

PIERRE

Oui, seulement je passe ma vie à courir après ma

3.

femme, une créature céleste qui ne sait où poser.
Je la crois dans le Nord, elle est dans le Midi. On me
la signale du côté de l'Arménie en ce moment. Demain
elle sera à Pétersbourg, à Madrid, à Rome, peut-être
même à Paris. C'est une chasse folle !

AGATHE

Quel original vous êtes, vraiment ! Un homme de
votre nom, de votre race et de votre éducation s'adonner ainsi tout entier à la cause des peuples. C'est
unique.

PIERRE

Il faut bien que quelqu'un commence. Mais ne m'ad-
mirez pas trop, je n'ai que cela à faire. Ma vie serait
sans objet si je n'avais pas... cette profession. Tel que
vous me voyez, je suis incapable de quelque métier
que ce soit, j'entends de ceux que reconnaît pour tels
la société actuelle. Il y en a qui naissent chasseurs de
panthères ; ma mère m'a fait chasseur d'injustice. Je
n'y ai aucun mérite.

AGATHE

C'est vous qui le dites !

PIERRE

Mais non ; on se fait une fausse idée des choses. Je
subis ma destinée, voilà tout. En voulez-vous la
preuve ? A ma qualité de fils Aymon j'ajoute celle de
quêteur. Oui, je mendie. Quand M. de Virandot va
arriver, je le prierai de racler ses tiroirs pour mes
chers Irlandais. Et je serai plat comme un moine !

AGATHE

Vous ne doutez de rien. Claude siège à droite, mon
cher monsieur.

PIERRE

Bah ! En France, tout le monde est libéral, au moins
en cachette. La conscience française est républicaine.
L'esprit de réaction n'est que vanité ou poltronnerie.
L'excellent Virandot serait bien embarrassé si on le
priait de... réagir. Au fond sa minorité brûle du désir
d'être majeure. L'écrevisse ne marche à reculons que
lorsqu'on la tire en avant : en liberté elle va droit
devant elle. Et c'est pourquoi je me suis permis d'inscrire l'excellent homme pour cinq mille francs... à vue
d'estime et d'amitié.

AGATHE

Merci. Mais pas sous son nom, au moins, à cause du
parti.

PIERRE

J'ignore le vôtre, madame.

AGATHE

Je suis née de Vailles.

PIERRE

Ah !

AGATHE

Vous connaissez notre famille ?

PIERRE

Oui, madame. J'ai même eu l'honneur, il y a quelques années, d'être reçu à Francbourg par un comte de
Vailles qui sans doute fut des vôtres.

AGATHE

C'était mon père.

PIERRE

Mademoiselle Agathe ! Je vous ai connue tout enfant, madame ! Voulez-vous me permettre de vous demander comment se porte votre sœur ainée, Mlle Herminie ?

AGATHE

Ma sœur Herminie se porte fort bien... mais elle n'est plus demoiselle. Elle est mariée. Elle s'appelle...

PIERRE

Oh ! je vous en prie, madame.

AGATHE

Vraiment, vous ignorez comment elle s'appelle ?

PIERRE

Je serais bien heureux de ne pas le savoir. Ne me le dites pas, vous m'obligerez.

AGATHE

Mais enfin vous pouvez la rencontrer, quand ce ne serait que chez moi.

PIERRE

Je pars demain.

AGATHE

Vraiment, vous n'êtes pas curieux.

UN DOMESTIQUE, annonçant.

Mme de Moussac.

PIERRE

Vous connaissez Mme de Moussac ?...

AGATHE

Je vous en demande bien pardon : c'est ma sœur.

SCÈNE IV

LES MÊMES, HERMINIE

AGATHE

La bonne surprise. (Elles s'embrassent.) M. Pierre de la Tournelle.

HERMINIE

C'était bien lui... monsieur. (Pierre salue sans mot dire.) Oh ! non, c'est trop bête : bonjour Pierre. (Elle lui tend la main.)

PIERRE, machinalement et très ému.

Mademoiselle.

AGATHE, riant.

L'erreur est charmante, Mme de Moussac, vous dis-je. Quel sauvage vous faites ! Ma chérie, je profite de ce que tu es en bonne compagnie pour aller m'habiller. M. de Champoulay vient me chercher à huit heures et il m'emmène au théâtre. Je n'ai que le temps de passer une robe. (A Pierre.) J'espère vous retrouver tout à l'heure, mon cher frère quêteur. Attendez-moi.

PIERRE

Oui, madame.

SCÈNE V

HERMINIE, PIERRE

HERMINIE, à part.

Est-ce lui qui a rapporté Georges? Je le saurai. (Haut.) Je vous assure que j'ai le plus grand plaisir à vous voir. Cela me rafraichit l'âme et me reporte aux belles années. (Elle s'assied.) Et puis vous m'appelez mademoiselle !... Je suis très flattée !... De telle sorte que vous ne saviez pas que je fusse depuis dix ans comtesse de Moussac ?

PIERRE

Il y en a onze que je vis hors de France, madame. Excusez un chevalier errant.

HERMINIE

Vous êtes à Paris depuis un mois ? Je le sais par Agathe. Je regrette que ma maison ne se soit pas trouvée sur votre passage : nous aurions été fiers, mon mari et moi, de vous y recevoir. (Pierre salue sans répondre.) Mais à ce sujet, pourquoi donc avez-vous évité de me revoir ? Est-ce qu'on a le temps de tant se bouder en cette triste vie ? Vous me boudez depuis onze ans. Dame ! on le dit du moins.

PIERRE

J'ai accepté mon sort ; mais est-il défendu de chercher à l'adoucir par l'oubli ? La vie que je mène donne cela, l'oubli, du moins s'il faut en croire les romans... sérieux.

HERMINIE

Les romans ont tort : entre honnêtes gens il vaut mieux se revoir. Le temps se charge de nos désillusions. Tenez, moi, je ne suis plus l'Herminie que vous fuyez. — Cette Herminie-là est restée à Francbourg, dans le vieux château, aujourd'hui désert, où vous l'avez un jour rencontrée. Je la cherche aussi, mais je crois bien qu'elle est morte dans sa robe blanche.

PIERRE

Non, madame, car elle est immortelle. Ses ans

s'usent sur l'image céleste qui resplendit là, entourée des cierges de mon culte et couronnée des fleurs de ma jeunesse. Pour qu'Herminie fut morte, il faudrait donc que mon âme fut anéantie. (Un silence.)

HERMINIE

Monsieur de la Tournelle, si vous aviez été cette Herminie, si j'avais été Pierre, — et si votre père m'avait refusé son consentement, qu'auriez-vous fait ?

PIERRE

Ce que vous avez fait : j'aurais obéi à mon père.

HERMINIE

Eh bien, alors ?

PIERRE

J'aurais obéi, mais j'aurais peut-être attendu.

HERMINIE

Mais je ne vous aimais pas.

PIERRE

C'est vrai, madame.

HERMINIE

Ah ! la condition des jeunes filles, vous ne la connaissez pas. Vous autres hommes, vous ne dépendez que de vous-mêmes ; vous avez le temps de savoir et de juger ! D'ailleurs, je vous aurais aimé, qu'il en eût été de même. Mon père avait disposé de moi. Je ne suis pas de celles qui trichent avec le devoir filial par l'évasion de la majorité ou du cloître. J'aime le devoir. Ma foi se bornait alors au respect d'un père adoré, comme elle se borne aujourd'hui à l'honneur conjugal.

Je serais malheureuse, trahie, et l'on m'ouvrirait la
porte du divorce, que je ne la passerais pas. Dans
l'honneur, voyez-vous, je vais jusqu'à la perversion.

PIERRE

Vous n'avez pas d'enfants, madame.

HERMINIE

Qui vous l'a dit ?

PIERRE

Personne. Voilà de longues années que je suis loin
de vous, et mes pauvres diables d'insurgés n'ont rien
à m'apprendre de vos joies ni de vos tristesses. Cependant ils savent votre nom... Oh ! ne m'en veuillez pas,
il est si doux dans leur langage ! Herminia ! Et puis
vous ne les entendez pas, et vous portez bonheur à
tous ces braves, qui sont d'honnêtes gens, eux aussi,
comme vous êtes la plus honnète de toutes les femmes.

HERMINIE

A quoi le voyez-vous ?...

PIERRE

A la tristesse de votre sourire. Mes soldats l'ont au
feu, madame.

HERMINIE, troublée.

Sans enfants, une femme peut être encore heureuse,
si elle a un bon mari. Le mien est excellent... je vous
assure.

PIERRE

Mais je n'en doute pas.

SCÈNE VI

LES MÊMES, LOUISE

HERMINIE

Qu'y a-t-il, Louise ?

LOUISE

Je viens demander à madame la permission de courir à Orsay : mon pauvre petit a une rechute.

HERMINIE

Vite, vite, allez...

LOUISE

Madame, voilà le monsieur qui a ramené M. le comte. (Elle sort.)

HERMINIE

Oh ! lui !

SCÈNE VII

HERMINIE, PIERRE

HERMINIE

Vous avez entendu ce qu'a dit cette fille ? C'est vous qui avez rapporté M. de Moussac à l'hôtel, dans votre voiture.

PIERRE

Je n'ai pas l'honneur de connaître M. de Moussac.

HERMINIE

Ah ! avouez-le, allez, qu'est-ce que ça fait ! Eh bien

oui, voilà où j'en suis. J'ai beau lutter comme un homme, je ne suis qu'une femme pourtant. C'est le dernier coup. Je suis à bout d'héroïsme. Il me semble que vous me voyez... couverte de boue ! Quelle horreur !

PIERRE

Encore une fois, je ne comprends pas ce qui vous désespère. Il y a confusion. Cette fille se méprend. Remettez-vous, je vous en prie.

HERMINIE

Vous n'avez jamais vu M. de Moussac, vous ? Jurez-le-moi.

PIERRE

Je vous le jure.

HERMINIE

Sur votre honneur ?

PIERRE

Sur mon honneur.

HERMINIE

Ah ! comme vous m'aimez encore ! Vous croyez donc que je ne vous ai pas reconnu ? Non, ne mentez pas ; c'est vous, puisque personne ne sait qui c'est. (Silence de Pierre.) Quelle misérable vie que la mienne, et quel enchainement de feintes, de terreurs et de hontes refoulées ! Mais c'est fini, je n'en peux plus. Mon orgueil est à bas, et mon courage aussi s'en va dans l'écroulement. J'étais parvenue, sinon à cacher mon martyre, du moins à me défendre de la pitié. On n'avait pas le droit de me plaindre, et je tenais en respect la compassion banale des sauveurs de femmes et des professeurs de mariage ! Et il faut que vous reveniez de Grèce pour me convaincre de désespoir, vous, qui m'avez aimée, avant lui, et qui, après lui, m'aimez encore ! Ah ! ce n'est pas de bonheur !

PIERRE

Un secret dont dépend l'honneur d'Herminie n'est point compromis, madame, entre les mains de Pierre de la Tournelle.

HERMINIE

Oh ! je ne doute pas de vous. Mais comptez-vous pour rien d'être le confident de ce secret ? Car enfin vous m'aimez, et vous savez ce que j'endure. Je ne suis plus seule devant moi-même, vous vous interposez entre mon miroir et moi.

PIERRE

Et vous dites qu'Herminie est morte dans sa robe blanche !... Mais je pars demain, madame. D'ici là que dois-je faire, parlez ?

HERMINIE

Hélas ! je n'en sais rien... Mais si, conseillez-moi. Oui, conseillez-moi, vous le devez maintenant, puisque vous savez tout et que vous êtes un brave. Chevalier de la liberté, vous qui passez, secourez-moi.

PIERRE

Ah ! c'est me mettre à une rude épreuve, vraiment, et il est cruel d'oublier à ce point que je vous aime. Vous êtes plus belle que jamais, Herminie, et je n'ai rien repris de ce que je vous ai donné, dès le premier regard, il y a onze ans.

HERMINIE

Vous m'abandonnez alors ? Et vous dites que vous m'aimez !

PIERRE, tirant son portefeuille et l'ouvrant.

Reconnaissez-vous ceci, madame? (Il montre un épi de blé.)

HERMINIE

C'est un épi de blé. Comment le reconnaîtrais-je ?

PIERRE

Vous l'aviez dans les cheveux la première fois que je vous ai vue en ce monde. Il est tout ce qui reste d'une moisson disparue. Vous veniez de courir dans les champs à Francbourg, et cet épi s'était accroché à vos tresses dénouées. Il tomba derrière vous, il ne m'a plus quitté. Eh bien, si jamais votre dernière espérance s'éclipse avec cette fierté qui vous soutient encore, si, un jour, vous avez besoin du dévouement absolu d'un serviteur, envoyez-moi ceci. Je viendrai. Et si je ne viens pas... vous n'aurez pas de peine à deviner pourquoi... — « Herminia » m'aura consolé d' « Herminie ».

HERMINIE

Soit, j'accepte. Mais pourquoi retarder l'heure de ce dévouement ?

PIERRE

Parce que vous ne m'aimez pas, madame.

SCÈNE VIII

Les Mêmes, GEORGES, AGATHE

AGATHE

Mon cher Georges, M. Pierre de la Tournelle. C'est tout dire que de dire le nom.

GEORGES

Enchanté, monsieur, de lier connaissance avec un homme célèbre dans les deux faubourgs, le noble et l'autre.

PIERRE

Et moi, monsieur, avec un homme connu sur tous les boulevards, même les excentriques.

AGATHE, à Herminie.

Ils se haïssent à première vue. (A Pierre.) Voici l'offrande de mon mari, monsieur ; j'espère que vous ne m'en voudrez pas si je me suis permise de la doubler. (Elle lui remet une enveloppe.)

PIERRE

Vous voilà créancière de la liberté, madame. C'est à fonds perdus. Que Jacques et Jacqueline acquittent notre dette avec leurs baisers d'anges. Je les remercie.

GEORGES

Ainsi ce n'est pas une blague de journalistes, l'Irlande ? On souffre par là ?

PIERRE

On souffre partout. Il n'y a plus qu'à Paris qu'on s'amuse.

GEORGES

Oh ! pas tous les jours ! Les ressources du plaisir sont vite épuisées. Tenez, je sais un vieux Parisien qui n'a pas ri une seule fois depuis ce diable d'Empire. Dire qu'il s'ennuie, c'est ne rien dire : il se momifie debout. Je lui conseille de temps en temps la vertu, mais il ne sait pas la manière de s'en servir. On ne nous l'apprend pas au collège. Vous pourriez peut-être lui enseigner cela, c'est, je crois, votre spécialité.

PIERRE

Oui. Il n'a qu'à voir lever l'aurore.

AGATHE, s'interposant.

Messieurs, je vous en prie.

PIERRE

Mais point du tout, madame, M. le comte est charmant.

GEORGES

Alors, vous êtes heureux, vous, monsieur ? Cette vie que vous menez, elle endort vos doutes ?

PIERRE

Quels doutes ?

GEORGES

Mais ceux de tous vos contemporains, les nôtres, ceux de Musset, ici, de lord Byron, là où vous allez.

PIERRE

J'arrive de Grèce, monsieur, et ma dernière visite a été pour un tombeau, à Missolonghi. Le plus beau poème de Byron, c'est sa mort, il est signé d'un nom d'homme. Mais nous allons faire fuir ces dames.

AGATHE

Au contraire, n'est-ce pas, Herminie ?

GEORGES

Allons, c'est le cas de répéter avec mon excellent ami Champoulay : « Vous êtes né trop tard dans un siècle trop vieux. » Il abuse de ce vers, le malheureux !

Mais vous n'avez pas souffert puisque vous ne doutez pas. J'aurais voulu vous voir déçu en amour, par exemple. Vous seriez moins moyen âge. Oui, cela seulement, déçu en amour !...

PIERRE

Oh ! pas si haut, je vous en prie. (Mouvement d'Herminie.)

GEORGES

Ah ?... Mais alors quelle éducation avez-vous reçue ? Celle d'Achille chez le centaure ?

PIERRE

Non : celle d'une honnête femme, très simple, qui fut ma mère.

GEORGES

Je vous envie. Et qu'est-ce qu'elle vous faisait lire ?

PIERRE

Les lettres de mon père, mort pour la liberté.

GEORGES

Soit. Mais tout le monde n'est pas en mesure de combattre pour des... Araucanies !

PIERRE

Erreur, monsieur, tout le monde, vous ou moi, par exemple.

GEORGES

Baste ! allez, le monde finit.

PIERRE

Il est plus doux de croire qu'il recommence. L'éternelle beauté des femmes en est la preuve.

GEORGES

C'est pour des persécutés que vous quêtez pourtant.

PIERRE, allant à lui.

Oui, et sous cette forme du moins, permettez-moi de vous tendre la main.

GEORGES, riant.

Ah ! j'aime les gens d'esprit. Mais il ne sera pas dit que vous aurez le dernier avec moi. Honorez-moi de m'inscrire pour ce que vous voudrez. Vous m'avez déridé, je reste encore votre débiteur.

PIERRE

Merci, monsieur, Je prends congé, mesdames, et je vous dis adieu. Daignez conserver le souvenir d'un homme qui emporte avec lui deux talismans, celui de vos grâces rivales et de votre égale bonté. (Il sort.)

SCÈNE IX

LES MÊMES, moins PIERRE

AGATHE, à Georges.

Eh bien, comment le trouvez-vous ?

GEORGES

Mais.... dangereux ! Ma chère Herminie, voulez-vous m'accorder la faveur de prendre mon bras ? Le temps est superbe, nous ferons quelques pas, si vous le voulez, dans les allées du bois.

HERMINIE

En tête à tête ? Mais on peut nous voir !...

GEORGES

Voilà un joli mot, comtesse. Mais couvre-t-il une défaite ?... Je vous en prie, venez, ou je croirai que vous préférez à notre lac... les montagnes d'Albanie... ou les lacs d'Irlande !

HERMINIE, à Agathe.

A demain, dis. (Elle prend le bras de Georges.)

AGATHE

Je te le promets.

SCÈNE X

AGATHE, puis VIRANDOT

AGATHE

Ce pauvre Georges, la leçon est verte. On dirait qu'il l'a comprise. Il semblait frappé. Pourvu qu'il ne soit pas trop tard. Six heures moins le quart, le baron va venir. Il est vraiment bien ridicule, ce gentilhomme. Plus j'y songe, moins il me représente l'idéal d'une première faute. Tant pis ! Georges Dandin, c'est toi qui l'auras voulu. Oh ! ce Claude... mais viens donc, imbécile.

VIRANDOT, montrant la table servie.

C'est moi. J'ai reçu ton petit mot. Ce n'est pas que je redoute Champoulay ; c'est un ami d'abord, et puis enfin... D'ailleurs j'ai compris ton cri désespéré : aller

4

au théâtre seule avec le baron, c'était trop cruel, et j'ai
lâché la séance de nuit.

AGATHE, riant.

Tu viens de la séance de jour ?

VIRANDOT

Oui... oui... c'est-à-dire pas tout à fait... Pourquoi
ris-tu ?

AGATHE

Je ne ris pas, tu as manqué une aimable visite, celle
de M. de la Tournelle. Il venait te demander cinq
mille francs pour ses Irlandais.

VIRANDOT

J'espère bien que tu ne les lui as pas donnés.

AGATHE

Non, je lui en ai donné dix. Dame, tu n'étais pas là,
j'ignorais tes intentions. Il avait d'ailleurs choisi pour
être sûr de te rencontrer un jour où tout chôme, même
le Parlement.

VIRANDOT

Comment ? C'est aujourd'hui mercredi ?

AGATHE

Est-ce que tu ne le savais pas ! Georges et Herminie
sont également venus.

VIRANDOT

Ah ! et Champoulay ?

AGATHE

Je l'attends, tu vois, je suis sous les armes.

VIRANDOT

Oh ! je vois bien. Ce n'est plus du décolletage, cela, c'est de la toilette de nuit. Tu vas bien, toi.

AGATHE

Mais, mon ami, c'est pour le souper, après le théâtre.

VIRANDOT

Comment le souper ? Mais, madame de Virandot !...

AGATHE

Séance de nuit, mon ami, séance de nuit. C'est dans le pacte, tu n'as pas oublié le pacte, n'est-ce pas ? moi non plus. Tu soupes, je festine... et cætera.

VIRANDOT

Et c'est avec Champoulay que ?... Mais c'est précisément Champoulay qui... Ah çà, il connaît donc le pacte... Le traître ! Mais je vais le tuer alors !...

AGATHE

Oh ! ce serait bien province.

SCÈNE XI

LES MÊMES, CHAMPOULAY, un DOMESTIQUE

LE DOMESTIQUE

M. le baron de Champoulay. Madame est servie.

CHAMPOULAY

Madame, je... Virandot ! Diable !

AGATHE

Votre bras, baron, et à table, messieurs.

VIRANDOT, stupéfait.

Ah! c'est exorbitant. Lui, moi, elle, dîner ensemble, maintenant?

AGATHE, montrant la table servie.

Allons, viens donc, gros gourmand; tu vois bien que je t'attendais : il y a des écrevisses.

ACTE TROISIÈME

Chez Herminie.

SCÈNE PREMIÈRE

HERMINIE, LOUISE, UN DOMESTIQUE

(Herminie est assise devant sa psyché. Louise la coiffe.)

LOUISE

Madame désire-t-elle parcourir les journaux tandis que je la coiffe?

HERMINIE

Merci, non.

LOUISE

Madame est triste depuis quelque temps ; elle devrait se distraire.

HERMINIE

Je me distrais. Je suis allée hier avec vous à Orsay voir votre petit garçon. Il est bien joli. J'en aurais désiré un pareil.

LOUISE

Il y a des journaux... anglais.

4.

HERMINIE

Quel âge a-t-il aujourd'hui !

LOUISE

Quinze mois.

HERMINIE

Vous allez le sevrer bientôt. Il faudra le prendre ici :
nous l'élèverons, Louise.

LOUISE

Madame est bonne. Dans ces journaux anglais, il est
question de l'Irlande.

HERMINIE

Ah !... Vous lisez l'anglais ?...

LOUISE

Non, madame, c'est Bob qui nous les traduit, à l'of-
fice. Il paraît que le soulèvement est général et que...
(Avec un cri.) Ah !

HERMINIE

Qu'y a-t-il ?

LOUISE

Rien.

HERMINIE

Ne mentez pas, je vous ai vue dans la psyché...
Donnez-le-moi, je veux le voir... C'est pourtant vrai,
il est tout blanc ! Comme ça va vite... Je n'ai pas trente
ans, Louise, je vous assure.

LOUISE

Mais aussi madame mène trop triste vie ; c'est dérai-
sonnable. Madame devrait voyager. L'été commence et
la campagne est belle.

HERMINIE, tristement.

La campagne est belle à Orsay, pour vous !

LOUISE

Pourquoi, madame n'irait-elle pas à Francbourg? Il
parait que le parc est merveilleux en ce moment, tout
est en fleurs, c'est féerique. Jean qui en revient, et,
qui est allé surveiller le curage des étangs, nous ai
conté que les hirondelles ont niché dans la fenêtre de
madame — madame sait que cela annonce le bonheur.
La famille des cygnes a doublé : ils viennent frapper du
bec aux contrevents de la véranda qui surplombe la
pièce d'eau dans le grand salon ; on dirait qu'ils s'impa-
tientent de leur maîtresse... Si madame allait à Francbourg ?

HERMIMIE

Non, pas là, non, pas à Francbourg.

LOUISE

Madame me désole.

HERMINIE

Dorénavant, ma bonne Louise, lorsque vous me
trouverez encore de ces choses-là, arrachez-les-moi
sans rien dire ; vous êtes femme, vous me comprendrez.

LOUISE

Je regrette que madame ne veuille pas jeter les
yeux sur les feuilles anglaises. On y parle beaucoup
d'un ami de Mme de Virandot.

HERMINIE

Ma sœur reçoit toutes les publications ; si quelque

chose l'intéresse dans les feuilles anglaises, elle l'y
verra. — Qu'est-ce que vous en ferez, de votre fils,
Louise ?

LOUISE

Dans ma condition, madame, il n'est guère permis de
rêver. Je l'élèverai de mon mieux. Madame sait que
certaines têtes de chefs sont mises à prix.

HERMINIE

Ah !

LOUISE

M. de la Tournelle est en fuite, dit-on ; il se cache
chez des paysans. On ne le surprendra pas. Il est adoré
des insurgés.

HERMINIE

Qu'est-ce qui vous fait supposer que cette nouvelle
m'intéresse ? Voit-on sur mon visage que la vie de
M. de la Tournelle me soit plus chère qu'une autre ?
Achevez de me coiffer, je vous prie.

LOUISE

Oui, madame.

(Entre un domestique avec un bouquet.)

LE DOMESTIQUE

M. le comte m'envoie prendre des nouvelles de madame et il la prie de vouloir bien accepter ces prime-
vères : elles viennent de Francbourg. M. le comte
demande s'il peut avoir l'honneur de se présenter.

HERMINIE

Veuillez remercier M. le comte de son intention. Je ne
sortirai pas de la soirée.

(Exit le domestique.)

LOUISE

Madame a-t-elle besoin encore de mes services ?

HERMINIE

Non, merci, laisse-moi.

(Exit Louise.)

SCÈNE II

HERMINIE, seule.

Suis-je donc si piteuse comédienne que ma femme
de chambre me lise dans l'âme à livre ouvert?... Dieu
sait ce qu'elle pense de moi, cette fille. Elle me jauge à
sa mesure. Elle m'apporte des journaux anglais pour me
distraire... pour me consoler! Me consoler! Pourquoi ne
les lirais-je pas ces journaux, d'ailleurs? Est-ce que j'ai
peur de moi? Allons donc! M. de la Tournelle est presque
un homme public, tout le monde a le droit de s'occuper
de lui, de ses dangers, de son courage, tout le monde.
Excepté toi, pourtant, Herminia!... Je ne vois plus clair
en moi-même. Mon cœur est troublé. Qui donc me ren·
dra la clef de ma conscience? (S'adressant à la psyché.) Toi,
peut-être, miroir dans lequel je n'ai jamais rougi. —
Voyons. (Elle prend les journaux.) Sa tête est mise à prix...
Mais il est accoutumé aux pièges de cette ·spèce. Il y
joue sa vie tous les jours. Il s'est évadé d'une prison
turque terriblement gardée. Ils ne le prendront pas...
Comme ton sein bat, Herminie. — Que dit-on de lui
dans ces journaux ?... (Elle lit.) Ah! son nom... son nom
imprimé là!... Pierre de la Tournelle!... (Elle se regarde et
se dresse.) J'ai rougi! Je l'aime alors? C'est fini? Non, ce
n'est pas possible, je n'en suis pas là!... Oh! toi, glace

perfide, je vais te briser. (On frappe à la porte.) Qui est là ?...

VIRANDOT, du dehors.

Moi, Herminie... Votre beau-frère. C'est grave... (Il ouvre.) Puis-je entrer ?...

SCÈNE III

VIRANDOT, HERMINIE

VIRANDOT

Sauvez-moi.

HERMINIE

Que vous arrive-t-il, Claude ?

VIRANDOT

Je suis perdu. Mon bonheur est brisé. Ma vie n'a plus de sens. Je suis la victime de l'épouvantable Champoulay ; vous seule pouvez me tirer du guêpier.

HERMINIE

Disposez de moi.

VIRANDOT

Merci. Il m'a entraîné dans une aventure satanique. Enfin j'ai découché !... Agathe est impitoyable. Eh bien, je vous le jure, j'ai découché, oui, mais je suis innocent.

HERMINIE

Pourquoi vous laissez-vous donc circonvenir par M. de Champoulay ?

VIRANDOT

Je n'en sais rien. Il me fascine. C'est le boulevard
incarné, ce garçon-là. Son esprit de blague m'hypnotise.
Lui seul sait me faire rire. Et le pis, c'est que je sais
qu'il aime ma femme! Non, mais quelle drôle de ville,
que votre Paris! Tenez je m'en confesse à vous, Herminie; quand je suis avec le baron, j'ai de l'esprit. Et
il n'y a qu'avec lui que j'ai conscience d'en avoir...
C'est peut-être qu'il est plus bête que moi. Enfin, je
ne puis m'en passer, quoi. Et il aime ma femme.
O Molière!

HERMINIE

Venons au fait, mon cher Claude.

VIRANDOT

Eh bien, voilà. Avant-hier, je sortais de la Chambre.
La séance avait été cruelle. On y avait traité de l'in-
digo, de la cochenille et autres matières premières. Je
n'y entends goutte. Mais, dans ces cas-là, je vote avec
le gouvernement, toujours. — Le baron m'attendait à
la porte, car il ne me lâche pas d'une semelle. Évidemment c'est à c̈ ̈e du pacte. Enfin, de fil en aiguille,
je me laisse convaincre d'aller assister à un souper
de centième. La pièce est d'un de mes compatriotes,
un électeur. J'avais donc mon excuse. Un souper de centième, ma chère, est un souper...

HERMINIE

Je sais. Passons.

VIRANDOT

Mais pas du tout, ce n'est pas ça. C'est très conve-
nable. On y chante des chansonnettes, on se célèbre

les uns les autres. J'ai fait là mon premier discours
sérieux. Vous le lirez dans les feuilles du jour. Vous
voyez donc bien. Mais voilà : je suis rentré à six heures
du matin, harassé, sans voix, ne tenant plus sur les
plantes... Ah! quelle réception, bon Dieu! Elle n'a
voulu croire à rien de rien, ni au souper, ni à la centième, ni au compatriote, pas même au discours. Elle
m'a accusé des faits les plus monstrueux. Elle a pris
ou feint de prendre mon éreintement pour de l'ivresse.
Enfin, je ne sais comment la convaincre. Elle parle de
vengeance immédiate, de loi du talion... ce que cette
canaille de Champoulay appelle... « mon talion d'A-
chille ». Oh! Herminie, si encore je m'étais amusé!

HERMINIE

Mais mon cher Claude, si vous êtes vraiment innocent, Agathe le sait déjà : ça se voit dans les yeux.

VIRANDOT

Des yeux limpides à six heures du matin, c'est rare.
Mais je suis certainement innocent. Car enfin il est
admis qu'en pareille circonstance, on boit un peu plus
que de rigueur. C'étaient des vins du pays d'abord. Et
puis je supporte plus qu'un autre. La preuve c'est que
j'ai pu reconduire jusqu'à sa porte l'une des reines du
banquet, Mlle Balsamine, sans cesser d'être galant ainsi
que faire se doit. Enfin j'étais chez moi à six heures du
matin, et quand un homme est chez lui à six heures
du matin, on n'a rien à lui reprocher, quand le diable
y serait.

HERMINIE

Est-ce que le diable y était?

VIRANDOT

Vous plaisantez, ma sœur, mais je vous jure qu'A-
gathe est très montée. Je crains un coup de tête. J'ai
peur du pacte. Mais la voilà. Par où sortir, mon Dieu?
Cachez-moi, je vous prie, c'est une Furie!

SCÈNE IV

Les Mêmes AGATHE

AGATHE

Ah! il est ici! il ose se montrer chez les honnêtes
gens. (A Virandot.) C'est vous, monsieur?

VIRANDOT

Oui, madame.

HERMINIE, à Agathe.

Calme-toi, Agathe. Le pauvre garçon est consterné.
Il jure qu'il est innocent, ne va pas trop loin.

AGATHE, à Herminie.

Laisse-moi faire, et prends une leçon de mariage,
pendant que tu y es, tu en as besoin. (Haut.) Puisqu'il
est acquis désormais que vous ne m'avez épousée que
pour ma dot...

VIRANDOT

Comment! pour ta dot, je suis plus riche que toi!

AGATHE

Raison de plus!... et puisque l'incompatibilité entre

5

nous va jusqu'à l'adultère, je me déclare libre. Je mets la clef de ma chambre à coucher au bout d'un fil, et je la laisse pendre dans la rue. Trop bonne encore de vous donner cette dernière preuve d'affection et de vous rendre cette indépendance dont vous êtes ivre. Nous ne sommes plus désormais que deux amis. Adieu, mon cher ami.

VIRANDOT

Mais puisque je te dis... tu peux bien me pardonner puisque je ne suis pas coupable. Si j'étais coupable, je comprendrais que tu ne me pardonnasses point. Mais puisque je ne le suis pas, pardonne-moi.

AGATHE

C'est captieux.

VIRANDOT

Captieux! Et puis enfin, il y a nos mioches, nos pauvres mioches. Agathe, tiens, à genoux, pitié, pardon, j'ai tort, je ne le ferai plus.

AGATHE

Relevez-vous !... Grande bête, va! (Elle rit.)

VIRANDOT

Ah! petite femme chérie! Il n'y a que toi. Il n'y a que toi!

AGATHE

Sauve-toi maintenant, et à la Chambre ; j'ai à causer avec Herminie. Allez, monsieur !

VIRANDOT

Si j'y vais? J'y parlerai! (Il sort.)

SCÈNE V

HERMINIE, AGATHE

AGATHE

Eh bien, qu'en dis-tu? Est-ce dressé? Ah! si tu avais su t'y prendre!

HERMINIE

Je n'aurais pas réussi avec Georges.

AGATHE

Pourquoi pas? tous les hommes ont un bout du nez! A ce propos, je viens te dire quelque chose. Il faut te montrer, tu tournes trop à la recluse. Ça finirait par donner à jaser aux mauvaises langues.

HERMINIE

Tout donne donc à jaser aux mauvaises langues! Qu'est-ce que le monde peut trouver à redire en une pauvre femme confinée dans sa vie de ménage? je me le demande.

AGATHE

Ma chérie, tu oublies trop que tu n'as pas trente ans et que tu es exceptionnellement belle et remarquée. Ta retraite ne s'explique pas dans ces conditions, ou du moins elle s'explique mal, je veux dire méchamment. L'entrevue de Georges et de M. de la Tournelle est connue; il s'est ébruité que ce dernier est ton servant d'amour; votre roman court la ville. Enfin, l'on a remarqué que ta retraite a coïncidé avec son départ pour l'Irlande. Je te dis ce que je dois te dire. Fais attention, ma sœur, sois prudente.

HERMINIE

Que les méchants sont sots et que les sots sont méchants !

AGATHE

Les apparences te sont contraires. Ton mari fait des efforts sincères pour reconquérir le terrain perdu. On ne connait son bien quelquefois que lorsque d'autres le convoitent. Tout cela se chuchote discrètement encore. Montre-toi. Ta vertu hautaine te fait beaucoup d'ennemies parmi tes amies.

HERMINIE

J'espère bien n'avoir pas démérité de leur haine.

AGATHE

Ce sont ces mots-là qui te les aliènent. Montre-toi, marche droit aux hostiles, sors au bras de ton mari, va aux fêtes, aux soirées, aux premières. Georges est, malgré vices et défauts, un cavalier charmant, spirituel et de compagnie précieuse. Son cœur n'est pas aussi pervers que je l'avais d'abord cru, ses yeux se dessillent.

HERMINIE

Il est bien tard.

AGATHE

Tu ne l'aimes plus du tout ?

HERMINIE

Non, c'est fini.

AGATHE

Gare alors! c'est que tu aimes l'autre!

HERMINIE

Ne dis pas cela, j'en ai trop peur! Et cependant il me semble bien que la place n'est pas encore enlevée. Oh! je la défends avec désespoir. Je ne me rends pas, je ne me rends pas. Non! Mais il ne faut pas non plus que la trahison s'y mette ét qu'on aide l'ennemi à escalader les remparts. J'aurais juré il y a une heure encore que personne au monde ne se doutait de ce qui ravage ma pensée, mais il paraît que ça se voit. Ma femme de chambre qui m'adore, m'a appris tout à l'heure qu'*il* était en fuite : qui, il ? Lui! Toi, tu me parles de mon secret couramment, tu l'appelles l'autre. Et l'univers entier se promène dans ma conscience !

AGATHE

Que veux-tu? Cela devait arriver. Si tu veux là-dessus l'opinion d'une honnête femme pratique, écoute. La vie est courte pour nous, comme pour toutes les autres bêtes à bon Dieu. En pareil cas les mauvais conseils sont les bons. Pardonne à ton mari, il est encore temps, ou fais semblant de lui pardonner.

HERMINIE

Je ne sais pas jouer la comédie, ma sœur.

AGATHE

Alors c'est que tu aimes l'autre.

HERMINIE

Ainsi en ton âme et conscience, tu estimes que j'aime M. de la Tournelle.

AGATHE

J'en suis sûre.

HERMINIE

Jure-le.

AGATHE

Sur quel Évangile ? L'amour n'en a pas.

HERMINIE

Prouve-le seulement.

AGATHE

Et si je te le prouve ?

HERMINIE

Ah ! si tu me le prouves, ma résolution est prise.

AGATHE

Quelle est-elle ?

HERMINIE

Mes actions, à moi, ne ressemblent pas à celles des autres femmes. Je méprise les idées du monde et les lieux communs de la morale banale. Ne crains rien, je serai logique.

AGATHE

J'y compte. Je te disais tout à l'heure que les nouvelles allures de ton mari étaient très commentées. Tu es la seule qui ne le sache point.

HERMINIE

Je l'avoue, cela ne m'a pas frappé.

AGATHE

Aplanis-lui le chemin. Montre-toi clémente, car enfin

de sa part, c'est touchant, cet homme rendu à ta supériorité... Voyons...

(Elle lui parle bas à l'oreille.)

HERMINIE

Jamais !

AGATHE

Herminie, ma preuve est faite.

HERMINIE

C'est vrai. La place est prise. (Elle sonne.) Priez M. le comte d'entrer.

AGATHE

Que vas-tu faire !

HERMINIE

Mon devoir, comme toujours.

AGATHE

Redoute tes élans, ma sœur, ils t'ont perdue. O ma chère « Perfection », crains-toi.

SCÈNE VI

Les Mêmes, GEORGES

GEORGES

Bonjour, Agathe. Restez, je vous en prie. Votre présence adoucira le coup de la mauvaise nouvelle qu'il me faut annoncer à Herminie. J'ai vu notre notaire hier, et le cher homme n'a pas failli à sa mission noire. Je suis ruiné.

AGATHE

Vous deviez vous en douter, sans reproches.

GEORGES

Mais non, c'est une surprise. Eh bien, mais me voilà en situation d'imiter les bons modèles et de conquérir ma petite Araucanie. D'ailleurs tout est sauf, même l'honneur. Mme de Moussac n'aura rien à changer à sa vie. Francbourg vous reste, Herminie.

HERMINIE

Et vous?

GEORGES

Oh! moi! la terre est grande!...

HERMINIE

Obligez-moi de croire que je ne me prête pas à l'arrangement que vous faites des affaires communes. Quelle que soit la cause de la ruine, j'en veux ma part. Mariage, c'est partage. Nous partagerons.

GEORGES

Non, je ne puis l'entendre ainsi. D'ailleurs, cette ruine me charme. Je tiens à ma catastrophe. Laissez-la-moi. J'ai bâti un plan sur elle. Après avoir tout exploré, excepté la misère, je mets quelque dandysme à savoir ce que j'aurais valu par moi-même, si j'avais été voué comme tant d'autres au travail quotidien. Merci donc de votre générosité.

HERMINIE

Générosité, moi?... Je n'en suis plus depuis longtemps qu'à la dignité. Partageons, allez.

GEORGES

J'ai prévu toutes les ruses de votre grand cœur. Vous ne me surprendrez pas, même en vous dépréciant.

Mais je prends ici occasion, madame, de rendre hommage à la vertu merveilleuse qui est la vôtre. Mon éducation ne m'avait pas préparé à une association dont je n'ai cessé d'être indigne. Je ne croyais pas. Je ne savais pas. Je n'avais pas vu. Daignez me pardonner notre mariage, vous le pouvez, car le monde se renverse, et je me châtie avec joie de mon aveuglement.

HERMINIE

Vous avez de moi une idée trop haute. Je ne puis vous la laisser. Je ne la justifie point.

AGATHE, à part.

Que va-t-elle lui dire!...

HERMINIE

Voyons les choses telles qu'elles sont. Honnête femme, oui, si c'est être honnête que d'avoir pris au sérieux tous les engagements du mariage. Vous m'avez eue tout entière, Georges. Maintenant, franchement, en galant homme, répondez-moi : m'avez-vous jamais aimée?

GEORGES

Désirez-vous de moi une confession générale?

HERMINIE

Notre vie commune est terminée. Parlez donc à cœur ouvert. Car j'ai, moi aussi, quelque chose de grave à vous avouer.

GEORGES

Je vous ai épousée sans vous connaître et sans vous comprendre, comme on se marie aujourd'hui dans notre monde, et un peu dans les autres, dit-on. Peut-être ai-je pris un goût très vif que vous m'inspiriez

5.

pour de l'amour. Je ne savais point les différences. Je crois, Herminie, que je ne suis pas capable d'aimer comme vous désiriez d'être aimée. J'avais sur les femmes des principes très arrêtés et que rien ne démentait, hélas! autour de moi. Mon crime est de ne m'être pas donné la peine de vous étudier. Je pensais qu'aucune de vous ne mérite cette étude et que vous êtes toutes la même. Je me suis trompé. Voilà pourquoi je disparais.

AGATHE, inquiète.

Disparaître?... Quelle est votre intention?

GEORGES

Ne craignez rien. Je recommence la vie, c'est plus dur que de mourir, vous en conviendrez.

AGATHE

Et c'est plus brave, Georges.

HERMINIE, bravement.

Encore une fois, votre sacrifice n'a pas d'objet et votre renonciation est sans cause et sera sans effet. Honnête femme, comme le monde l'entend, je le suis toujours, mais femme honnête, comme je l'entends, moi, je ne le suis plus. Nous nous valons depuis une heure.

AGATHE, effrayée.

Ma sœur, mais elle est folle. Ne l'écoutez pas, Georges.

HERMINIE

Laisse-moi. J'ose faire ici ce que jamais femme peut-être n'a eu le courage de risquer devant le maître que la loi lui donne. Depuis un mois, moi aussi, je ne vous aime plus, et depuis une heure je sais que j'en aime un autre.

AGATHE

Ce n'est pas vrai. Elle ment, vous dis-je.

GEORGES

Vous auriez pu m'épargner l'affront, comtesse. Il est trop sanglant.

HERMINIE

N'est-ce point mon devoir de vous parler de la sorte? Qu'est-ce-donc que le mariage si de tels aveux n'y sont point de mise? Aide et protection, dit la loi. Obéissance et fidélité, ajoute-t-elle. J'obéis et je suis fidèle. Protégez-moi et aidez-moi.

GEORGES

Oh! il valait mieux me laisser partir avec ma sainte illusion.

HERMINIE

C'est précisément ce que l'honneur m'interdit de faire. Je suis votre femme, je porte votre nom. Si le fardeau me devient trop lourd, vous êtes mon soutien naturel. Qu'avez-vous à objecter à ma loyauté conjugale? Me voilà maintenant éprise d'un autre, domptée par la nature, attaquée par l'adultère, défendez-moi. C'est votre devoir. Je chancelle, soutenez-moi.

GEORGES

C'est fort simple, je vais aller le tuer.

HERMINIE

L'en aimerai-je moins?

GEORGES

Il y a une autre solution encore...

HERMINIE

Et quand tu seras mort, t'en aurai-je moins aimé?...

GEORGES

Oh! comtesse!

AGATHE

Observez, Georges, que vous n'avez rien à craindre d'une femme capable de l'action qu'elle vient d'accomplir ; elle se défend déjà d'elle-même.

HERMINIE

Je n'en sais rien. Je sais seulement que vous avez le droit de m'enfermer, de me séquestrer, de m'entourer de grilles et de pointes, et je sais que j'ai le devoir de me prêter à toutes ces précautions : trop heureuse si vous me sauvez de moi-même en vous préservant.

GEORGES

Me croyez-vous capable d'user de pareils expédients? Mais m'autorisez-vous à user de toutes les armes défensives que le mariage met entre mes mains, je parle des plus douces, des courtoises et des plus légitimes?

HERMINIE

Je vous appartiens par serment. Agissez.

GEORGES

Parmi ces armes, il en est une sur laquelle je compte, souffrez que je vous l'avoue. J'en essaierai, madame, et peut-être en vous sauvant, sauverai-je encore un infortuné.

HERMINIE

Essayez. Essayons. Je veux bien.

AGATHE

Ah! malheureux, c'est un berceau qui vous a manqué.

GEORGES

Je ne le regrette point, Agathe, nous serions trop à plaindre en ce moment. (Il sort.)

SCÈNE VII

HERMINIE, AGATHE, puis LOUISE

AGATHE

Te voilà bien avancée! A quelle condition t'es-tu réduite par ton aveu insensé? Voilà que ton mari t'aime maintenant, et qu'il a pu te le dire! Au moins tu ne l'aurais jamais su. Qu'est-ce que tu vas faire?...

HERMINIE

Mes malles d'abord. Je me sauve à Francbourg.

AGATHE

Et puis? Après?

HERMINIE

Après? J'ai trente ans, ma chère. Dans dix ans, j'en aurai quarante et ce sera fini. Dix ans passent vite.

AGATHE

Et Georges?

HERMINIE

Ah! tant pis, chacun son tour. Ne vas-tu pas plaider

pour lui après m'avoir prouvé que j'en aimais un autre ? J'ai accompli mon devoir, les événements ne me regardent plus.

AGATHE

Tu ne pardonneras jamais à ton mari ?

HERMINIE

Je lui ai pardonné.

AGATHE

Tu ne l'aimeras plus ?

HERMINIE, elle sonne.

L'amour n'est pas un volant entre des raquettes. Je ne dois plus compte à M. de Moussac que de son honneur. Quant à mon cœur, il paraît que la nature l'a repris ; c'est à elle à me le rendre. J'irai à Francbourg, c'est tout... (Louise entre.) Il faut faire nos paquets, Louise, nous partons.

LOUISE

Ah ! tant mieux, j'en suis bien heureuse pour madame.

HERMINIE

Allez chercher votre petit garçon, nous l'emmènerons avec nous.

LOUISE

La bonté de madame me touche jusqu'aux larmes.

HERMINIE

Nous resterons à Francbourg cinq ans, dix ans, toujours peut-être. L'air est pur dans nos bois, et vous aurez votre enfant auprès de vous ; vous le verrez grandir hors des mains mercenaires. Cela me reposera d'aimer ce petit être.

LOUISE

C'est impossible, madame.

HERMINIE

Pourquoi, impossible ?

LOUISE

Je supplie madame de ne pas insister.

HERMINIE

Mais je vous le demande un peu pour moi. Vous savez quel chagrin j'ai de ne point avoir d'enfants, et combien je les aime. Le vôtre me donnera l'illusion de la maternité, j'en ai besoin, Louise, surtout en ce moment.

LOUISE

Non, madame, non.

HERMINIE

Qu'est-ce qu'il y a? Son père veut-il vous le reprendre?

LOUISE

C'est cela, oui, son père veut s'en charger.

HERMINIE

Ah! c'est dommage. Qui est-ce donc son père? Je n'ai jamais songé à vous le demander... Gardez votre secret, mon enfant. Je sais ce qu'on souffre. Mais n'y a-t-il pas moyen d'une manière ou de l'autre de le désintéresser? L'enfant est à vous; il a besoin de vos soins. Qu'est-ce qu'il en fera, lui, d'un petit de quinze mois? Il doit être retenu par un travail, cet homme, ses journées sont occupées, je suppose. Vous ne répondez pas, Louise?

AGATHE

Pourquoi n'irait-il pas à Franchbourg avec vous ? Vous
vous marieriez... nous vous doterons.

LOUISE

Il n'y faut pas songer, madame.

HERMINIE

Il est déjà marié ? Pauvre fille ! Voulez-vous que je
lui parle, moi. Où demeure-t-il ?

LOUISE

Pitié, madame.

HERMINIE

C'est donc un être bien indigne... Où en êtes-vous
tombée ?

LOUISE tombe à ses pieds.

Moins indigne que moi, hélas ! Il n'a point trompé la
plus sainte créature qui soit sur terre et la meilleure
des maîtresses.

HERMINIE, à Agathe.

Que dit cette fille ? Pourquoi est-elle à mes pieds ?

AGATHE

Je n'ose comprendre, en effet.

LOUISE

Pardon, pardon, je vous en supplie.

HERMINIE, comprenant.

Misérable... mon mari ! Vous avez un enfant de mon
mari, vous ! Mais je n'en ai pas, moi ! Sauve-toi, dispa-

rais, va-t'en, je te chasse, je t'exècre, je voudrais
t'anéantir.

AGATHE

Ma pauvre sœur! Mais regarde-la, elle est bien à
plaindre, elle aussi.

HERMINIE

A plaindre, elle! Mais elle m'a pris ma place, ma
vie, mes droits. Il est à moi, son enfant. Il est joli, mon
Dieu! Rends-le-moi, voleuse... Va, je te souhaite la
misère, la torture, la mort, tous les désastres. Je sens
ce que c'est que de haïr. Je te maudis.

(Elle éclate en sanglots.)

LOUISE

Et moi je vous bénis, madame, vous méritez toutes
les joies et tous les bonheurs. Je comprends trop que
vous ne puissiez me pardonner. Vous ne le pouvez
pas. Adieu. (Elle se dirige vers la porte et sort.)

HERMINIE

Ah! cette fois tout est bien fini. Tout m'échappe. Je
n'ai plus rien. Jusqu'à cette poupée qui se brise.
Menacée de l'amour de l'homme que je méprise le plus
au monde et seule, mais seule à crier... Eh bien alors,
je me suis trompée; c'est toi qui as raison, tu es la
vraie honnête femme de ce temps et je suis une pauvre
sotte. Ah! c'est ça la vie? C'est ça le mariage? Il fallait
donc le dire. Très bien, j'en suis... (Elle va à son secrétaire,
l'ouvre et en tire une lettre, puis elle sonne.)

AGATHE

Que vas-tu faire?

HERMINIE

Appeler mon sauveur, comme les autres. D'ailleurs,

je l'aime. Tu vois cet épi do blé. Il part pour l'Irlande ma chérie.

AGATHE

Tu appelles Pierre. Prends garde.

HERMINIE

A qui ? A quoi ?

AGATHE

Mais à lui-même. Es-tu bien sûre qu'il t'aime encore ?...

HERMINIE

Oh ? nous allons bien voir.

SCÈNE VIII

LES Mêmes, GEORGES

HERMINIE, sans voir Georges.

Portez cette lettre à la poste immédiatement.

GEORGES, prenant la lettre.

A vos ordres, comtesse. Je vais précisément sortir.

HERMINIE

Soit. Vous savez à qui elle est adressée ?...

GEORGES

Non. Mais dois-je l'ignorer ?

HERMINIE

Non, lisez ! (Elle sort.)

SCÈNE IX

AGATHE, GEORGES

AGATHE

Ne l'envoyez pas, Georges, elle est folle de douleur : elle n'a pas conscience de ses actions.

GEORGES

Pourquoi donc ? M. Pierre de la Tournelle est un ami d'enfance de Mme de Moussac. Il est tout naturel qu'Herminie lui écrive.

AGATHE

Vous n'enverrez pas la lettre, je suppose.

GEORGES

Et de quel droit ? D'ailleurs je ne dois aucune pitié à M. de la Tournelle. Je ne suis ni son ami, ni son obligé.

AGATHE

En êtes-vous bien sûr ?

GEORGES.

Oh ! oh ! pardon. Serait-ce lui qui m'a ramassé l'autre fois et ramené ici dans sa voiture ! j'en ai le soupçon depuis quelque temps.

AGATHE

Vous lui devez l'honneur et la vie.

GEORGES

Ah ! (Il va au fond et appelle Bob. Entre Bob.) Partez immédia-

tôment pour l'Irlande, sans tarder d'un instant, et allez
remettre en mains propres cette lettre à son destinataire.
Il y a cinquante louis pour vous si vous le ramenez
avant huit jours. (Bob sort.) Il est décidément un peu trop
loin, ce poète de l'épée.

ACTE QUATRIÈME

La grande salle du château de Francbourg.

SCÈNE PREMIÈRE

GEORGES, VIRANDOT

VIRANDOT

C'est vrai, dites?... Depuis cinq mois que vous vivez ici, à Francbourg, en tête-à-tête avec votre femme, vous ne vous ennuyez pas de Paris, vous, Georges? — Ça ne vous manque pas, l'asphalte, les premières, les essais de lumière électrique, les journaux et les accidents de voiture? Vous n'avez pas la nostalgie de votre cercle?... Vous ne tournez pas, en rêve, autour du lac et vous pouvez vivre sans fête de charité japonaise!... Savez-vous que c'est fabuleux!

GEORGES

Est-ce qu'on en parle?

VIRANDOT

Partout, comme de toutes vos originalités!

GEORGES

Sincèrement, on me blague, hein ?

VIRANDOT.

Le terme exact serait plutôt... vous permettez ?...
On s'épate !...

GEORGES

Oh ! mais vous voilà formé. C'est le dernier style !...
Eh bien, non, mon cher Claude, Paris ne me manque
pas plus que je ne lui manque. A dire tout, je suis même
surpris de l'aisance que j'éprouve à supporter ma ruine.
Je chasse, je pêche, je vendange et moissonne, et cela
m'amuse. C'est très curieux, la nature !... Je finirai par
pousser des feuilles, comme Actéon. Mon cher, je me
couche à neuf heures et j'aime la soupe aux choux. Mais
parlons de vous, père conscrit. Vous voici donc en
vacances parlementaires ! Quel bon moment !

VIRANDOT

Peuh !

GEORGES

Ah ! je parlais pour vos électeurs ! Je sais que pour
vous, il n'en va pas de même. Où en êtes-vous de votre
essai de babylonisme ?

VIRANDOT

Toujours au même point ! Je n'ai pas de chance !...
Agathe a un flair !... C'est une mazette, votre Champoulay. Elle le roule à tout coup.

GEORGES, riant.

Bah ? Toujours... « province » alors ?

VIRANDOT

Horriblement !... C'est le pacte qui me chiffonne.
L'autre jour cependant j'ai bien cru que je touchais
à... l'initiation. C'était aux Champs-Élysées. J'étais avec
le baron qui m'avait lancé sur une fausse piste, comme
toujours, lorsqu'il me sembla, en levant les yeux, qu'une
femme me regardait avec intérêt !... Elle passait dans
un coupé très élégant dont elle fit modérer le train,
tout à coup elle me salua... Si j'étais intrigué, vous pouvez le croire. Je perdis le baron dans le paysage et
m'étant approché... Fichtre ! qu'est-ce que je vous ra-
conte donc là, moi ? J'oubliais à qui je parle !

GEORGES

Une ancienne à moi ? Ne vous gênez pas. On se les
repasse de père en fils et de fils en père aujourd'hui. Il
y en a qui ne sortent pas de la même famille ! Ainsi
entre beaux-frères !... Donc, vous vous approchez ?...

VIRANDOT

Et elle me demande des nouvelles de... de qui, devi-
nez ?

GEORGES

De moi, parbleu !

VIRANDOT

Non, de Mme la comtesse de Moussac.

GEORGES, sautant.

Hein ?

VIRANDOT

C'était Louise. Elle avait les larmes aux yeux.

GEORGES

Mordieu! Elle en est là? La pauvre fille!

VIRANDOT

Eh bien, non, j'en ai assez. Celle-là m'a défrisé. La province a de bons côtés... J'ai été injuste pour la province. Le diable, c'est d'y rentrer bredouille.

GEORGES

Votre histoire m'a retourné. Allons faire un tour.

VIRANDOT

Devenez-vous sensible au sort des femmes depuis que vous comprenez la vôtre?

GEORGES

Ne plaisantez point là-dessus, vous m'obligerez.

VIRANDOT

Mais, mon cher Georges, sachez-le bien, nul plus que moi n'admire votre conduite et n'en est plus fier. Votre retraite à Francbourg est d'un brave. Donnez-moi la main.

GEORGES

Elle est pourtant sans mérite, puisque j'aime Herminie.

VIRANDOT

Ah! enfin! Vous voilà donc heureux!

GEORGES

Heureux? Mais elle ne m'aime plus. Mon flambeau s'allumait pendant que s'éteignait le sien. Trop tard. Nous sommes deux à Francbourg et nous restons isolés.

VIRANDOT

Ètes-vous sûr de ne point vous méprendre ? L'amour
que vous pouvez attendre d'elle, après ce qui s'est passé
entre vous, ne peut pas être celui de Juliette pour
Roméo. Enfin elle vous attend à quelque épreuve peut-
être.

GEORGES

Non ; elle ne peut plus m'aimer. Elle me méprise.
Mais le pis, Claude, c'est qu'elle ne s'est point encore
aperçue que je l'aimais. Voilà ce qui fait souffrir. Vos
enfants vont bien, Virandot ?

VIRANDOT

Scandaleusement bien, mon cher ami. Ma fillette est
une merveille. Je crois qu'elle me ressemblera.

GEORGES

Tant pis ! mais venez : je veux vous montrer une
plante très drôle avec laquelle on fait du pain.

VIRANDOT

Le blé, oui : j'en ai chez moi.

(Entre Champoulay.)

GEORGES

Le baron ! Ah ! par exemple.

SCÈNE II

Les Mêmes, CHAMPOULAY

CHAMPOULAY

Excusez-moi, mon cher comte, de forcer votre soli-

6

tude, je viens vous demander un service. (A Virandot.)
Vous voilà, vous, lâcheur, c'est gentil de me planter là
sans le moindre P.P.C. Le plongeon de Télémaque,
quoi !

VIRANDOT

O Mentor, les vents m'ont poussé dans Ithaque.

CHAMPOULAY

Tout le monde, alors ! La mode est à la vertu ! Voici
ce qui m'amène. J'ai besoin de deux témoins. J'ai compté
sur vous, messieurs, car il me faut deux braves.

GEORGES

Vous savez que je ne me dérange que pour les duels
sérieux.

CHAMPOULAY

Il y a mort d'homme, c'est un mariage.

VIRANDOT

Vous vous mariez ? Oh !...

CHAMPOULAY

Ecoutez donc, je m'ennuie, moi, devant ma glace.
Et puis, cette année, les enfants légitimes sont très
demandés pour les devants de voiture.

VIRANDOT

Bigre ! Et, sans indiscrétion, quelle est l'heureuse
mère de vos futurs petits Champoulay ?

CHAMPOULAY

On prend ce qu'on trouve. Je n'ai plus le sou, je ne
suis pas joli, joli, et mes cheveux ressemblent aux
coursiers d'Hippolyte en ceci que je les ramène. Une

ange indulgente veut bien fermer les yeux sur ces dé-
faillances et s'offre à me broder des pantoufles de quarante mille livres de laine. Je serais un sot de refuser.
Au fond, qu'est-ce que le mariage moderne ? L'échange
de deux éreintements et l'union de deux magots. Elle
a l'un et je suis l'autre. Qui me blâme, change la vie !
Je n'ai pour moi que d'être gentilhomme. Hip ! Hurrah !
pour Balsamine ! C'est entendu, vous m'assistez ?

VIRANDOT

Vous savez, baron, que je pars pour ma tournée de
réélection !

CHAMPOULAY

Suffit, j'ai compris. (A Georges.) Notre vieille amitié, mon
cher de Moussac...

GEORGES

Une question, d'abord. Vous allez à l'église ?

CHAMPOULAY

Comment donc ! Notre-Dame de Lorette !... Tout
l'Opéra-Comique chantera aux orgues ! Mes aïeux étaient
en Terre-Sainte, mon cher !

GEORGES

Que Dieu appesantisse leur sommeil ! Ne comptez pas
sur moi, Champoulay.

CHAMPOULAY

Ah !... c'est bien. Adieu messieurs.

GEORGES

Adieu ! Et bonne chance ! (Agathe entre.)

CHAMPOULAY

A propos... j'oubliais de vous prévenir. Je viens de rencontrer sur le chemin du château, un véritable revenant. Il venait droit ici, un épi de blé à la main !... (A part.) Ça s'appelle le trait du Parthe ! (Il sort.)

SCÈNE III

GEORGES, VIRANDOT, AGATHE

(Agathe sort de chez Herminie et regarde par la fenêtre avec attention.)

VIRANDOT, allant à elle.

C'est lui alors ?

AGATHE

Hélas, oui. Vois comme Georges est pâle ! (Elle arrête Georges qui se dirige vers la porte.) Où allez-vous ? Qu'est-ce que vous allez faire ?

GEORGES

Le tuer, ma sœur.

AGATHE

Est-ce qu'Herminie est adultère ? (Georges s'arrête.)

GEORGES

Mais il l'aime ?

AGATHE

Depuis onze ans. On ne tue pas après onze ans.

GEORGES

Qu'est-ce qui en empêche ?

AGATHE

Le ridicule.

VIRANDOT

Agathe a raison. Le duel est sans motif puisque l'amour est sans offense.

GEORGES

Qui parle de duel ?

AGATHE

Oh !

GEORGES

On a toujours le droit de tuer quelqu'un... si on se tue soi-même après. Je veux en finir.

AGATHE

Vous déraisonnez, Georges.

GEORGES

Je ne puis tolérer l'idée qu'Herminie aime cet homme !

AGATHE

Vous croyez qu'elle l'aime ?

GEORGES

Puisque le voilà, oui.

AGATHE

Pardon ! Qui est-ce qui a envoyé Bob en Irlande ? Elle ou vous ?... Ah ! vous n'avez pas voulu m'écouter lorsqu'il en était temps encore. Vous le faites revenir pour l'assassiner ; pour un homme de votre esprit le guet-apens est assez..... Enfin, qu'en pensez-vous ?

6.

GEORGES

Ma sœur... je l'aime... et elle l'aime. Voilà toute la situation. Il faut la trancher. J'endure l'enfer depuis cinq mois !

AGATHE

Oh ! l'enfer ?..., le purgatoire seulement! Et vous ne l'avez pas volé ! — Mais vous dites qu'elle l'aime ? Vous le croyez ! Moi qui la connais bien et qui ai dans les veines le même sang qu'elle, j'en doute encore.

VIRANDOT

Hum ! ne va pas trop loin.

AGATHE, à Virandot.

Je te conseille de parler des femmes ! Voilà une question où tu es fort, mon ami ! — (A Georges.) Oui, j'en doute et je vous expliquerais bien pourquoi si nous avions le temps de discourir. Nous sommes, Herminie et moi, les deux types de ce monstre qu'on appelle : *la Femme honnête*. Elle, elle est malheureuse, et je ne le suis pas. Toute la différence est là, mais nos deux pouls battent à l'unisson, et lorsque j'écoute mon cœur, tandis que cet homme s'avance vers le château, il me dit que ma sœur n'aime pas celui qu'elle croit aimer.

GEORGES

Oh ! la femme honnête !...

AGATHE

Voilà votre mauvais sourire, mon pauvre Georges, le sourire de l'enfant du siècle! Je vous jure qu'il y a d'honnêtes femmes encore ! Si l'éducation n'en fait plus guère, la nature se charge d'en perpétuer l'espèce,

sans quoi le mariage deviendrait une drôle d'institution !
Tenez, en un seul mot, la femme honnête, c'est la
femme d'un seul amour.

GEORGES

Soit. Eh bien ?

AGATHE

Eh bien, ce monstre ne se donne pas deux fois. Je
défie homme vivant d'arracher un baiser à Herminie,
comme je le défierais de me l'arracher à moi-même.
Non pas que nous soyons invulnérables, mais parce
que... Mais vous êtes des hommes, vous ne pouvez pas
comprendre.

VIRANDOT

Dis toujours.

AGATHE

Il n'est d'autre amant et d'autre mari que le premier
qui nous a possédées, le seul, l'éternel, le dernier. Dès
qu'un autre nous touche, l'hermine se réveille.

GEORGES

Vous portez-vous garant de Mme de Moussac ?

AGATHE

De ce qu'elle dira, non. De ce qu'elle fera, oui. Elle
mourra avant d'avoir connu d'autres lèvres que les
vôtres ?

GEORGES

Vous pourriez le jurer ?

AGATHE

Sur la tête de mes enfants.

GEORGES

Il n'y a donc danger pour personne à ce que j'assiste

à leur entrevue... armé ! (Mouvement d'Agathe.) Ah ! vous voyez.

VIRANDOT

Je m'y oppose formellement.

GEORGES

Tel est pourtant mon dernier mot.

AGATHE

Les mots ne sont que des mots et le crime commence au baiser.

GEORGES

C'est ainsi que je l'entends. Si leurs lèvres se rencontrent, il est mort, — et elle est veuve.

AGATHE, résolument.

Eh bien... Allez ! (Elle se réfugie, tremblante, dans les bras de Virandot.)

VIRANDOT

Mais tu trembles ?

AGATHE

Ah ! dame ! l'épreuve est terrible. Mais où serez-vous ?

GEORGES

N'en prenez point souci. Je verrai et j'entendrai tout. Mais je veux être seul.

AGATHE

Rien avant le baiser ? Vous le jurez ?

GEORGES, il lève la main.

Sur mon honneur et devant Dieu !

(Il sort.)

SCÈNE IV

AGATHE, VIRANDOT

VIRANDOT

Il est clair que tu as la certitude de prévenir ce double meurtre ? Quel est ton moyen ?

AGATHE

Herminie elle-même.

VIRANDOT

Pas de plaisanterie. C'est grave. Tu vas avertir Pierre, hé ?

AGATHE

Pour l'enflammer davantage ? Ce serait adroit. Si jamais tu es ministre de quelque chose, tu feras bien de me consulter quand il s'agira de diplomatie. Ce que M. de la Tournelle aime le plus au monde, c'est le danger. Il brave la mort tous les jours pour une idée. Pour son amour, il se jettera comme un fou au-devant d'elle.

VIRANDOT

Eh bien, alors?

AGATHE

Eh bien alors, quoi ?

VIRANDOT

C'est sérieux, cette épreuve du baiser? Tu prends cette responsabilité d'un assassinat suivi d'un suicide ?

AGATHE

Préfères-tu qu'ils s'égorgent l'un l'autre à la porte ?
Tu n'as donc pas vu l'œil de Georges ! Il aime Herminie.
Mais voici Pierre. Laisse-moi seule avec lui.

VIRANDOT, à part.

Minute ! on joue trop gros jeu ici. Je le préviendrai.
(Il sort.)

SCÈNE V

AGATHE, PIERRE

AGATHE, seule.

A nous deux, maintenant, monsieur le héros. (Entre
Pierre.)

PIERRE

Comment se portent vos enfants, madame ?

AGATHE

Très bien, merci. Allez-vous-en !

PIERRE

Voilà ce qui s'appelle un accueil enthousiaste. Me
permettrez-vous de m'asseoir cinq minutes !

AGATHE

Non, oh ! non, allez-vous-en.

PIERRE

C'est que je suis un peu las. Le voyage est assez long
et je relève de maladie, madame.

AGATHE

Qu'est-ce que vous avez eu ?

PIERRE

Presque rien. J'ai avalé une baïonnette anglaise. Ça ne fait pas autant de mal qu'on l'imagine, mais ça dure cinq mois. Telle est la cause de mon retard.

AGATHE

Vous avez reçu la lettre ?

PIERRE

Parfaitement. Le fidèle Bob me l'a remise en mains propres. Il en est mort, car il a voulu rester avec nous et on l'a pris et pendu. Que de braves en ce monde !

AGATHE

Savez-vous qui vous l'a envoyé ? Ce n'est pas Herminie, c'est Georges.

PIERRE

Et vous voulez que je m'en retourne ! oh ! madame !

AGATHE

Georges aime Herminie ; il est jaloux. Comprenez-vous ?

PIERRE

Raison de plus. Et puis j'ai donné ma parole. Mᵐᵉ de Moussac m'a déjà trop attendu, elle a pu douter de moi, daignez y réfléchir.

AGATHE

D'abord, êtes-vous bien sûr qu'elle vous attende ?

PIERRE

Dame ! Elle m'appelle du moins.

AGATHE

Vous croyez donc qu'elle vous aime ?

PIERRE

Je n'ai point de telles fatuités. Je me contente d'être attendu. C'est assez déjà pour mon dévouement.

AGATHE

Et si je vous prouve que vous vous trompez ! Si je vous démontre qu'elle n'a obéi qu'à un accès de désespoir passager et que vous jouez le rôle du passant dont on invoque la protection dans les ténèbres, voudrez-vous abuser de son vertige, vous le plus honnête et le plus fier des hommes ?

PIERRE

Non, certes ? Mais alors c'est donc bien elle qui m'a dépêché le pauvre Bob et non plus M. de Moussac ?

AGATHE

C'est elle, si vous voulez, ou moi, ou mon mari, ou le diable ! Qu'importe ! Oh ! allez-vous-en ! Vous ne voulez pas la perdre.

PIERRE

Non, j'aime religieusement une créature d'élite, qui m'était due et destinée, que l'on m'a prise et que Dieu me rend. Ne me mettez pas, madame, dans l'embarras de vous refuser quelque chose, moi qui vous apporte les remerciements de tout un peuple.

AGATHE

Voyons, rien ne vous presse de vous montrer tout de suite, au débotté ! Je vous demande dix minutes, au nom du service que vous évoquez. Ma sœur va venir

ici, je causerai avec elle, vous l'entendrez, caché derrière cette tenture et vous jugerez vous-même de l'op-
portunité de votre apparition. Je m'en fie à votre droiture. Voulez-vous ?

PIERRE

Soit. Je ne fais aucune difficulté de vous avouer que
le seul sortilège dont je dispose pour le salut de Mme de
Moussac est mon amour inaltérable. S'il ne doit lui
être d'aucune aide, il vaudra mieux en effet que je ne
sois pas venu. Je n'aurai pas reçu la lettre.

AGATHE

La voici. Cachez-vous et paraissez si vous voulez
paraître. (Pierre se cache.)

SCÈNE VI

AGATHE, PIERRE (caché), HERMINIE

AGATHE, à Herminie qui entre.

Comment es-tu ce matin, ma chérie ?

HERMINIE

Bien. Je suis si heureuse ici, enveloppée de mes souvenirs d'enfance ! Le passé s'efface dans ce grand calme
profond de la nature. C'est le bonheur, ma solitude.
Ah ! que je meure dans ce fauteuil où est mort mon
père, je ne désire plus autre chose. En toute notre
misérable vie, si courte et si longue, nous n'habitons
vraiment qu'une chambre, nous ne peuplons qu'un
coin. C'est entre ces quatre murs qu'Herminie aura
vécu. C'est ici qu'ont passé tous les êtres que j'ai aimés,
mon père, ma vieille nourrice, toi... et lui.

7

AGATHE

M. de la Tournelle est venu ici ?

HERMINIE

Je parlais de Georges. Est-ce effrayant, la destinée ! Entre tant de jeunes hommes beaux, intelligents et épris, tomber justement sur celui qui doit vous faire souffrir !

AGATHE

Si tu l'avais bien voulu, tu serais aujourd'hui Mme de la Tournelle. Car, enfin, quand on aime, on épouse, c'est de l'honnêteté aussi, cela.

HERMINIE

Mais, ma sœur, j'aimais Georges.

AGATHE

Tu aimes Pierre à présent ?

HERMINIE

M. de la Tournelle n'est plus de ce monde.

AGATHE

Qui te l'a dit ?

HERMINIE

Son absence.

AGATHE

Tu ne penses plus à lui.

HERMINIE

J'y pense toujours au contraire. Que ne suis-je avec lui, là où il est ! Tu dis vrai, lui aussi, il a passé dans cette terre bénie. Je me rappelle que je venais de rentrer au château après une course folle à travers les moissons. On me dit qu'il était avec mon père. J'entre sans me douter de la gravité de leur entretien. Il lui demandait ma main. (Elle se lève.) C'est singulier comme les tableaux de mon passé renaissant dans leur cadre... Je le vois en ce moment... Il est debout, pâle, tremblant... Adieu, mademoiselle, me dit-il... Je l'entends, cet adieu... Je le comprends pour la *première fois*... Il signifiait... Je vais mourir... Ah ! si j'avais su !

AGATHE

Calme-toi, tu as la fièvre !... Qu'a-t-elle donc ? Est-ce qu'elle l'aimerait vraiment ?

HERMINIE

Alors, il est sorti... mais il s'est arrêté une dernière fois et il m'a saluée... (Pierre apparaît.) Ah ! lui !...

PIERRE, à Herminie.

Voici l'épi de blé, madame.

AGATHE

Non... non !... Je vous en supplie... Allez-vous-en. Oh ! que j'ai peur ! — Claude ! Claude ! Qu'ai-je fait ? (Elle sort en appelant son mari.)

SCÈNE VII

PIERRE, HERMINIE, puis VIRANDOT, AGATHE et GEORGES

HERMINIE

Je ne vous attendais plus.

PIERRE

Il est bon quelquefois de ressusciter. Disposez de votre revenant. Que dois-je faire ?

HERMINIE

Mais je ne sais pas !... Je... c'est un rêve !

PIERRE

Vous évoquiez tout à l'heure de chers souvenirs, mais douloureux aussi. Oui, c'est ici que le destin a trahi mon amour. Mais il ne l'a point vaincu. Toujours je vous aime, Herminie. La mort même s'est arrêtée devant cet amour et l'a jugé plus éternel qu'elle-même. Ayez confiance puisque me voilà. Dictez vos ordres. Dussé-je mourir ou tuer, ils seront accomplis.

HERMINIE

J'écoute votre voix et elle me parait surhumaine. Ce que vous me dites nul ne me l'a jamais dit. Quel amour est le vôtre qui me calme et m'exalte à la fois ! Parlez encore, je vous en prie.

PIERRE

L'amour que je vous offre est fait de vaillance et d'abnégation. Il s'alimente d'une foi inextinguible. Je vous l'ai dit. Herminia, voilà onze ans que je vous associe à mes combats de liberté. Votre image flotte sur nos mêlées. Votre âme souffle dans les ordres que je donne. C'est votre messe que je dis lorsque je livre bataille à l'injustice. J'ai incarné en vous le bien, le droit, le beau, vous êtes ma divinité, je ne compte plus les vies que je vous ai sacrifiées et j'espère toujours que vous voudrez prendre la mienne.

HERMINIE

Mais le voilà, l'amour. Ah! emmenez-moi. Je serai votre compagne. Oui, je me sens faite pour les grands devoirs. Mon âme étouffe dans les misères mesquines de la vie banale. Assez de hontes, assez de tortures. J'ai soif de grand air et d'actions nobles. Je dormirai sur votre cœur robuste et fidèle. En route, mon chevalier, voici votre Herminia!...

PIERRE

Ah! je vous aime!

(A ce moment Agathe et Virandot entrent. Avec un geste d'effroi ils indiquent tout de suite au spectateur à quel endroit est caché Georges et qu'il est armé. Résolument Agathe se place entre lui et le couple des amants, comme pour faire à sa sœur un rempart de son corps. Virandot essaie d'attirer l'attention de Pierre. Cette pantomime tragique doit être réglée avec soin, de façon à faire planer visiblement sur la scène la présence du mari et l'angoisse du meurtre.)

HERMINIE

Emmenez-moi, mon ami. Votre culte sera mon culte, et votre foi sera ma foi! Je mourrai heureuse si je meurs dans votre manteau.

PIERRE

(Pendant qu'Herminie dit les mots précédents, Pierre s'est retourné et il a compris au geste de Virandot que Georges est là et le menace de son arme. Il fait un geste de défi enthousiaste et revient à Herminie.)

Ah! c'est ainsi! Eh bien, partons, oui partons tout de suite, sans tourner la tête, dans le transport de la première possession, car vous êtes à moi, n'est-ce pas, bien à moi, Herminie, dans l'ivresse du premier baiser!... (Il va pour la saisir; elle recule.)

HERMINIE, reculant.

Oh! pas cela! oh! pas cela! Ne vous suffit-il pas de

savoir que je vous aime et que je suis à vous !...
Pierre, je vous en prie !

PIERRE, de plus en plus pressant,

Quelle femme êtes-vous donc ? Et comment vous
donnez-vous si vous ne vous donnez pas tout entière ?
Nous allons vivre ensemble, côte à côte, tous les jours,
jusqu'à la mort, dans une réunion indissoluble, et vous
me marchandez la première caresse.

HERMINIE

Ce n'est pas ma faute, mon ami ! mais je vous jure
que vous me faites peur. Il me semble que vous êtes un
autre homme !

PIERRE

Dites que vous avez peur de votre amour ? Dites que
vous ne m'aimez pas !

HERMINIE, éperdue.

Si !... je !... Pardonnez-moi... Je ne sais ce que
j'éprouve. (Pierre va pour la saisir, elle pousse un cri.) Si vous
me touchez... je me précipite par cette fenêtre !

AGATHE, intervenant.

Sauvée ! (Elle va à Herminie.)

PIERRE, à Agathe.

Vous aviez raison, madame, je ne suis pas aimé !
Mais je ne regrette point d'être venu, et c'est assez
d'honneur pour un homme que d'être l'objet d'une
pareille méprise !

VIRANDOT, à Pierre.

C'est égal, vous êtes un brave, vous, il n'y a pas à

dire ! Vous avez été dix minutes entre l'amour et la
mort.

PIERRE

Hélas ! monsieur, ni l'amour ni la mort ne voulent
de moi, décidément !

HERMINIE, à Agathe.

Que disent-ils ? La mort ? Quelle mort ?

PIERRE, à Virandot.

Pas un mot devant elle. — (A Herminie.) Adieu... Herminia !

AGATHE, à Virandot.

Que fait donc Georges ? pourquoi ne parait-il pas ?

HERMINIE, à Pierre.

Pierre... Pierre !... Écoutez-moi. Vous dites que je
ne vous aime point. Ne partez point avec cette idée...
Je vous jure que j'envie celle qui peuvent se donner
deux fois !... Hélas ! comment font-elles ? Rien ne
m'épouvante que cela, et s'il fallait mourir pour vous
prouver que je vous aime, je mourrais de bon cœur en
ce moment. Toute mon âme est à vous, vous y régnez
en maitre, et vous en aurez le dernier soupir. Mais être
à vous, comme vous le demandez, sur ma droiture de
femme, je ne le puis, non, c'est impossible, j'expi-
rerais dans vos bras... vous n'auriez que le cadave
d'Herminie.

AGATHE, à Virandot.

Georges m'inquiète. Pourquoi n'intervient-il pas ?

HERMINE

Mais ce que je ne veux pas, c'est que vous accusiez

mon cœur de lâcheté. Croyez-moi, Pierre, s'il ne s'a-
gissait que d'un crime, je braverais le monde, la loi et
l'enfer pour être votre femme. N'être que votre maitresse, ce n'est plus tenir tête à la fatalité, c'est mentir,
c'est trahir, c'est m'avilir, c'est être indigne de mon
amour et du vôtre. Marcher la tête basse, même dans
le bonheur, quand on aime, et fièrement, honte à qui
le peut! Encore une fois je ne peux pas.

PIERRE

Vous aimerais-je, Herminie, s'il en était autrement!

HERMINIE

Alors pardonnez-moi! Oui, pardonnez-moi!... Là où
vous allez, vous êtes exposé à mourir à toute heure, et
je comprends trop que je ne vous verrai plus. Pardonnez-moi si vous voulez que je vive encore.

PIERRE

Vous pardonner, héroïque créature, et quoi donc? La
destinée la plus injuste qui fut jamais? La noblesse, la
fierté, l'honneur d'un martyre souffert dans le silence?
Ah! si vous m'aimez, vivez et soyez heureuse, tandis
que je mourrai pour vous. Si mon sort sur la terre est
de racheter une victime telle que vous, il est glorieux,
et je le bénis. Pour chaque minute de votre vie, que
Dieu me prenne un jour de la mienne. Mais qu'allez-
vous devenir?

HERMINIE

Ce que Dieu voudra! Il me reste le devoir. Il y a dans
le devoir un attrait pervers que les cœurs honnêtes
connaissent seuls. Il fait vivre plus vite lui aussi et il
tue plus tôt. Le devoir, Pierre je suis mariée!

(On entend un coup de feu dans la coulisse.)

AGATHE

Mon Dieu ! ! !... Oh ! Georges ?... (A Virandot.) Va !

VIRANDOT. Il va à l'endroit d'où est parti le coup de feu,
et revient bientôt, épouvanté.

Mort !... Il est mort !...

HERMINIE, courant à son mari.

Adieu, Pierre ! Et pour jamais !

7.

FLORE DE FRILEUSE

COMÉDIE EN PROSE EN TROIS ACTES

Représentation unique au théâtre de l'Ambigu,
le 10 décembre 1885

PERSONNAGES :

LA COMTESSE FLORE, 60 ans . . . . .   Mme B. VERTEUIL.
GILBERTE MÉNORVAL, 20 ans. . . . .   LEFEBVRE.
MAXIME MÉNORVAL, 30 ans. . . . . .   MM. LAUGIER.
XAVIER, 30 ans . . . .   GAVORET.
LE DOCTEUR LIVOURNET, 60 ans . . .   BRELET.
UN COMMISSIONNAIRE.
VALETS ET DOMESTIQUES.

———————

La scène à Paris, de nos jours.

FLORE DE FRILEUSE

ACTE PREMIER

CHEZ LA COMTESSE FLORE

Un salon de vieil hôtel, le soir, lampes allumées. Feu dans l'âtre. Ameublement ancien, mais mêlé. Flore est assise sur une bergère, auprès du feu, et Xavier à ses pieds sur un pouf bas.

SCÈNE PREMIÈRE

FLORE. XAVIER

FLORE

Sais-tu à quoi je pense, mon neveu ? Il est minuit, voilà deux heures que nous taillons bavette, et tu n'as pas encore éprouvé le besoin... de fumer ! Si j'étais une femme moderne, je croirais que tu me fais la cour.

XAVIER

Il n'en tient qu'à ceci, ma tante, c'est que vous êtes la dernière grande dame de France. J'aime votre esprit prompt, vos reparties vives et votre gaieté inépuisable. S'il ne dépendait que de moi, je resterais toute la vie là où je suis en ce moment, sans boire ni manger, à vous entendre, oui, comme autrefois, lorsque nous étions enfants, Gilberte et moi, et que vous nous contiez des histoires de souris blanches !...

FLORE

Es-tu resté assez gamin ! C'est unique ! Tu n'as donc pas de maitresse ?

XAVIER

Au pluriel ou au singulier ?

FLORE

Au pluriel, au pluriel. On sait les égards que l'on vous doit, monsieur le comte.

XAVIER

Je vous jure que je suis très raisonnable. Je fume, je joue, je soupe, j'ai des duels, des dettes, des liaisons et je m'amuse comme il convient, c'est-à-dire à me décrocher la mâchoire.

FLORE

Toi, tu n'es pas mon neveu, tu es mon fils. On ne m'ôtera pas de l'idée que ton père a songé à moi en te faisant. Qu'est-ce que tu veux que je te donne ?

XAVIER

Votre gaieté et votre bonté. (Il se lève du pouf.) Mais sérieusement, ma tante, à quelle heure vous couchez-vous ?

FLORE

Comme toujours. De très bonne heure... le lendemain. C'est une habitude de ma jeunesse. Sous Charles X on ne savait pas dormir. Aussi vieillissait-on beaucoup moins.

XAVIER

Comment cela ?

FLORE

On rattrapait le soir la vie qu'on avait perdue le matin.

Vous vous alitez, vous autres ! Qu'arrive-t-il ? A trente
ans vous en avez soixante, trente de jour et trente de
nuit. Je suis ta cadette, Xavier.

XAVIER

Qu'est-ce que le docteur Livournet pense de votre
hygiène ?

FLORE

Mon vieil ami le docteur Livournet n'est pas un médecin ordinaire. Il prétend qu'on ne guérit que les gens
bien portants. Pour les autres, il se récuse. Quel honnête homme tout de même ! Sais-tu bien qu'il me soigne
depuis... Charles X ! Et tous les dimanches encore.

XAVIER

Tous les dimanches ?

FLORE

Je ne te l'ai pas dit ? Il arrive à quatre heures, il s'as-
soit, il bat les cartes, je coupe et le piquet commence.
A six heures je vais mieux et c'est lui qui est malade...
Mais voici le chocolat. (Un domestique apporte le chocolat.) Cependant il ne faut rien exagérer. Ta sœur lui doit la vie,
à Livournet. Il me l'a sauvée d'une maladie en « epsie »,
comme dans Molière, avec cette particularité plus moderne qu'il est resté trois jours au chevet de son lit en
lui tenant la main. Je l'ai couché sur mon testament, je
t'en avertis.

XAVIER

Ainsi, tante Flore, vous n'avez jamais été malade ?

FLORE

Dame ! Ton oncle l'était pour deux. Il avait cette
charge dans le ménage. (Elle trempe un biscuit dans son chocolat.)

Cependant j'ai eu une fois un grand mal de tête ! Oui, le jour de son enterrement !... Ah ! je l'aimais bien, malgré tous mes torts envers lui.

XAVIER

Vous dites ?

FLORE

Mais je les reconnais. Je te confesserai même que je me rends très bien compte aujourd'hui de ce qu'il a dû souffrir. Mon mal de tête a été une révélation.

XAVIER, à part.

La voilà partie ! (Il remonte la lampe.)

FLORE

C'est gentil ce que tu fais, de remonter la lampe ! Dans ce temps-là la mode était certainement à la vertu, comme aujourd'hui ; mais ce n'était pas la même. Quant aux vices, si vous vous figurez que vous en avez inventé un seul depuis les Ordonnances !...

XAVIER, à la lampe.

Tante Flore, je vais éteindre.

FLORE

Non, c'est vrai aussi : à vous entendre, on dirait que les Pénélopes courent les rues aujourd'hui, leur tapisserie à la main ! Tiens, voici Gilberte. Tu sais si je l'aime. Je l'ai élevée d'abord. Elle m'inquiète. On n'idolâtre pas son mari comme ça. C'est surhumain. Maxime mérite ce fanatisme, soit. Mais sous Charles X, Gilberte n'aurait pas été comprise. Enfin, lis les romans de l'époque.

XAVIER

Ils sont mariés depuis trois mois, voyons !

Eh bien ?

XAVIER

Cela ne fait que quatre-vingt-dix jours.

FLORE

D'abord cent quatre-vingts, s'il te plaît. Quatre-vingt-dix de jour et quatre-vingt-dix de nuit. Trois lunes de miel l'une sur l'autre ! On n'en voit pas la fin de cet amour-là ! — Xavier, ça fait mourir ! — Tu ne bois pas ton chocolat.

XAVIER

Si Gilberte est la créature tendre, angélique, brave au devoir, la femme idéale et parfaite que l'on rêve aux heures de foi ; si Maxime trouve en elle le bonheur dont il est digne, absolu, éternel, à qui la faute ? Qui est-ce qui a développé en elle ses qualités enchanteresses ? A qui doit-elle toutes ses vertus et tous ses charmes ? Ce n'est pas à notre mère, qui nous a quittés presque au berceau. Ce n'est pas à notre père, tué loin de nous, pour sa patrie. A qui alors ? Tante Flore, je vous le demande.

FLORE

Baisse la lampe, Xavier, baisse la lampe. — La nature avait presque tout fait pour Gilberte. Quant au reste... On dit que les meilleurs agents de police sont les anciens voleurs. Il n'est peut-être tel que d'avoir trop vécu pour apprendre à préserver ceux qu'on aime de la vie. Mais mon vrai chef-d'œuvre, c'est toi ! Quel vaurien ! Embrasse-moi. (Il l'embrasse.)

XAVIER

Ma tante, il vous reste une coquetterie, celle de vous

calomnier. Moi, je suis sûr que vous avez toujours été une très honnête femme.

FLORE

Ton oncle l'a prouvé dans trois duels, mon garçon.

XAVIER

Je me contente de Gilberte pour preuve.

FLORE

Soit, Gilberte est mon œuvre, mais Maxime est la tienne. Te plairait-il de m'expliquer enfin ce que c'est que l'homme imprévu dont tu as enrichi ma famille, et qui se trouve être mon neveu de ce fait qu'il m'a pris le cœur de ma nièce ? Car c'est à peine si je le connais, et je ne le comprends pas du tout. Il n'est pas de ma race. Mais tu en étais féru, il a fallu que Gilberte en devint folle. Vous n'avez à vous deux qu'une seule paire de lunettes, pour quat-z-yeux.

XAVIER

Maxime est un homme loyal et droit. Je l'ai vu à l'épreuve, je sais ce qu'il vaut. En outre, il est doué d'une intelligence remarquable ; né fort bas, et venu du peuple, il s'est créé par le travail une situation d'écrivain enviable et qui grandira encore. On commence à le dire, mais je l'avais deviné, et cela dès le collège. Il n'était pas le premier, mais il était le plus fort. Je me suis attaché à lui comme on s'attache, par admiration, à l'homme qu'on aurait voulu être.

FLORE

A ce point ?

XAVIER

Vous l'avez jugé vous-même, il m'en souvient, très

favorablement, lorsque je vous l'ai présenté. Vous étiez très touchée de sa pauvreté fière et surprise de ses manières fines et nobles. Enfin, vous l'avez aimé tout de suite et vous l'aimez encore, car il rend ma sœur heureuse autant qu'il est possible, et sa passion pour elle survit à l'extinction de trois lunes de miel qui en valent six de Charles X au bas mot !

FLORE

Et tu en conclus ?

XAVIER

Qu'il est une heure du matin, et que je vais me sauver.

FLORE

Oh ! Déjà ?

XAVIER

Déjà est charmant.

FLORE

Reste. Paris est infesté de voleurs, et tu n'a pas pris ton chocolat. D'ailleurs j'avance... C'est une vieille pendule, une radoteuse comme moi. Tu disais donc que Maxime ?...

XAVIER

Si vous me parlez de Maxime, je couche ici, c'est clair.

FLORE

Je ne lui adresse qu'un reproche, à ton Maxime : il est trop parfait. C'est hors de civilisation. J'aurais préféré pour Gilberte un mari plus dégagé, moins arcadien, ayant un peu vécu, pas autant que toi, mais un peu. Il lui reste trop de cheveux.

XAVIER

Il en repassera à ses enfants.

FLORE

Combien crois-tu qu'ils en auront ?

XAVIER

Dame ! leur jardin est tout petit, et leur maisonnette
et modeste. Ils n'ont que trois chambres à coucher. Le
problème est là.

FLORE

Une question de train, selon toi. Écoute donc, Xavier,
est-ce que tu n'entends pas marcher ?

XAVIER, écoutant.

Si, ma foi. A cette heure de nuit, c'est étrange. (Il va
ouvrir la porte.) Qui va là ?

MAXIME, dans la coulisse.

Ne vous effrayez pas, c'est Maxime.
(Maxime entre.)

SCÈNE II

LES MÊMES, MAXIME

XAVIER

Qu'est-ce qui t'arrive ?

MAXIME, une valise à la main.

Mais rien du tout. Bonsoir ma tante. J'ai manqué
l'express du Havre. Mon imbécile de cocher était gris ;
il a injurié des agents, qui l'ont mis à pied et conduit
au poste. Pendant ce temps, mon train filait. Tête du
voyageur, comme on dit dans les caricatures.

FLORE

Et pourquoi revenez-vous ici ?

MAXIME

En traversant le jardin j'ai vu de la lumière à vos fenêtres et j'ai pensé que Xavier était avec vous. Je n'ai pas résisté au plaisir de prendre de vos nouvelles. Ai-je été si mal inspiré ?

FLORE

Et Gilberte ?

MAXIME

Justement. J'ai scrupule de la réveiller par ma brusque rentrée. Les femmes croient tout de suite à un accident ! Ses palpitations ont recommencé. Le docteur l'a mise au bromure : tous les soirs un demi-gramme dans une tasse de lait avant de se coucher. Mais elle dort si mal encore et si peu, que ce serait cruauté que de lui voler cinq minutes de bon repos pour si peu de choses.

XAVIER

Qui est-ce qui la garde dans ce pavillon ?

MAXIME

Mais Catherine d'abord, la femme de chambre. Elle couche dans une pièce contiguë, lorsque je m'absente. C'est une brave créature, qui adore Gilberte, comme tous ceux qui l'approchent. Mais, toi qui es connaisseur, tu as bien remarqué Catherine, une Normande superbe, avec des bras de marbre.

FLORE

Elle n'a pas de cousin dans la Garde ?

MAXIME

Elle ? C'est la vertu même. D'ailleurs ses parents
sont très sévères. Enfin elle a une inclination au pays.
C'est une tête sérieuse ; elle ne veut que le mariage.

XAVIER

Et ton domestique ?

MAXIME

Qui, Brutus ? Je ne l'ai plus.

XAVIER

Tu n'as plus Brutus, ton fidèle Brutus ?

MAXIME

Je ne te l'avais pas dit ? Oh ! c'est sans importance !...
Imaginez-vous que le maraud... Enfin croyez-vous à
Ruy-Blas ?

XAVIER

Pas possible.

MAXIME

Si. Il en tenait pour « la patronne ». Il lui faisait des
vers !... J'avais d'abord cru que ses poésies s'adressaient
à Catherine... Mais elle ne sait pas lire. Quoi qu'il en
soit, comme il n'avait aucun talent d'abord et qu'ensuite
je craignais que Gilberte comprît son rêve de ver de
terre, je l'ai, sous un prétexte, dispersé dans le paysage. Croiriez-vous que Turc l'a pleuré trois jours...
Pauvre bête !

FLORE

Ainsi Gilberte est seule dans votre petit pavillon ?
Vous ne pouviez pas nous le dire ?

MAXIME

Mais, tante Flore, elle n'est pas seule. D'abord vous

êtes ici tous les deux, à trois cents mètres de sa chambre. Puis Catherine, auprès d'elle. Ensuite, il y a Turc, mon chien de montagnes, qui veille dans le jardin. Une bête terrible, le bon Turc. Enfin, vous le savez, j'ai gardé de mes voyages l'habitude d'avoir mon revolver auprès de moi, la nuit. Gilberte l'a sous la main en cas d'alarmes.

FLORE

Enfin, si vous êtes tranquille. Mais je ne veux pas de vous ici. Nous sommes en tête-à-tête. Allez-vous-en.

MAXIME

Pour deux heures, ma tante ?

FLORE

Ni pour deux heures, ni pour deux minutes ! Un jeune mari qui n'a pas encore d'enfant de sa femme et qui découche ! Je vous trouve scandaleux.

MAXIME

En trois mois, voyons ?

FLORE

De mon temps, monsieur !... Décampez, vous me faites dire des sottises.

MAXIME

Allons, bonsoir, tante inhospitalière ! Mais je vous assure que vous avez tort de vous inquiéter. Turc tiendrait tête à quatre hommes. Il ne connaît que moi et les gens de la maison. Il n'y a pas de dragon qui lui soit comparable.

FLORE

Bonsoir, bonsoir. Et une autre fois, lorsque vous irez

en voyage, envoyez-moi Gilberte ici. Le meilleur dragon, c'est moi. Vous en savez quelque chose !

XAVIER, à Maxime.

Je t'accompagne.

MAXIME

Pourquoi faire ?... Reste, je t'en prie. (Il sort.)

SCÈNE III

FLORE, XAVIER

FLORE

Tu ne prends pas ton chocolat ?

XAVIER

Quoi ?... Si... si...

FLORE

A quoi penses-tu ?

XAVIER

A rien.

FLORE

Moi non plus ! Quel temps dehors ?

XAVIER

Très noir. Les boulevards extérieurs, sans un passant, c'est sinistre !

FLORE

Oui, ça doit être l'opinion des sergents de ville, du quartier. On en voit peu par ici, à l'heure du crime !

XAVIER

Bonsoir, ma tante.

FLORE

Oh ! ne t'en va pas. Reste ici, Xavier.

XAVIER

Mais je ne redoute pas les maraudeurs, vous le savez.
L'exercice de la boxe et de la savate est une des lois de
la grande vie, et je suis un viveur consommé... Cependant, si vous avez peur ?...

FLORE

Pour moi, non. Tu penses bien qu'à mon âge on n'a
rien à craindre.

XAVIER

Qu'est-ce que vous dites donc, ma tante ?

FLORE

Rien du tout. Je plaisante. Tu sais bien qu'il faut
toujours que je plaisante. Si j'étais sérieuse, il faudrait
m'enterrer tout de suite, parce que je serais morte.
Finis donc ton chocolat.

XAVIER

Non, si vous voulez... j'ai besoin de prendre l'air.

FLORE

Tu me rappelles Colimart. Toutes les fois que ça
n'allait pas, Colimart éprouvait le besoin de prendre
l'air. C'était sa solution à cet homme !

XAVIER

Qui, Colimart ?

FLORE

Colimart, l'homme au voleur.

8

XAVIER

L'homme au voleur ?

FLORE

Comment ! Est-ce que je ne t'ai pas encore raconté l'histoire de Colimart, de sa femme et du voleur ? Mais si tu t'en vas... tu comprends !

XAVIER

Est-ce qu'elle est longue ?

FLORE

Courte et drôle. Je l'ai beaucoup connu cet excellent baron de Colimart. Il m'avait fait deux doigts ou trois de cour ; peut-être même la main tout entière. Mais n'importe. C'est pour te dire. Enfin, je l'ai beaucoup connu. Mais il fit la bêtise de se marier, et...

XAVIER

C'est donc une bêtise de se marier ?

FLORE

Toujours ! Ça ne sert à rien.

XAVIER

Pourquoi ?

FLORE

Veux-tu savoir, oui ou non, l'histoire du baron de Colimart, de sa femme et du voleur ?...

XAVIER

Certes ! Mais expliquez-moi d'abord par où il ne sert à rien de se marier ?...

FLORE

Ça ne sert à rien parce que ce n'est pas utile, godiche !...

XAVIER

Je vois qu'il descend de la Palisse, votre Colimart.

FLORE

Pardon. Est-ce que tu n'as jamais été l'amant d'une
femme mariée ?

XAVIER

Si, une fois, comme tout le monde.

FLORE

Et tu ne l'es plus ?

XAVIER

Non, heureusement !

FLORE

Pour qui ?

XAVIER

Pour les trois !

FLORE

Tu vois donc bien que le mariage n'est utile à personne, ni au mari, ni à sa femme, ni à l'amant. A quoi
sert-il alors ? Figure-toi que Colimart...

XAVIER

Ainsi je ne dois pas me marier ?

FLORE

Décidément, tu t'intéresses peu à Colimar

XAVIER

Enfin, répondez. Dois-je me marier ?

FLORE

Cela dépend des idées que tu as sur l'adultère.

XAVIER

Ah ! mon dieu !

FLORE

Mais certainement. Il n'y a pas d'autre question. As-tu sur le nommé adultère les idées d'aujourd'hui ? ou celles d'autrefois ?

XAVIER

Est-ce qu'il y a deux écoles ?

FLORE

Il le demande ! Il y a celles d'avant le code et celles d'après le code. Ceux d'après le code tuent leurs femmes, m'a-t-on dit. Si tu en es là, sois clément, ne te marie pas.

XAVIER

Je n'avais pas entendu dire que, sous Charles X, on décernât au beau sexe des prix Montyon d'infidélité.

FLORE

Et vous écrivez des romans ! Si ce n'est toi, c'est donc ton beau-frère. Lorsque je le lis, ton beau-frère, j'ai toujours envie de lui crier : Mais, triple homme que vous êtes : il est le salut de l'institution !

XAVIER

Qui il ?... Le ?...

FLORE

Parfaitement. Veux-tu que je te prouve que la seule chose qui rattache le mariage à l'amour, c'est... c'est le...

XAVIER

Oh !... Prouvez !

FLORE

Ah ! on en voit de toutes les couleurs en cinquante ans d'existence ! Tiens ! tous les Colimart que j'ai rencontrés, tous, entends-tu, bénissaient le... parfaitement. Ils avaient compris. Ils s'agit de comprendre.

XAVIER

Je ferai donc bien de ne pas me marier, car je ne comprends pas du tout.

FLORE

Je le vois bien. Quand on songe pourtant que les femmes se sont mises à écrire, et que pas une n'ose nous défendre. Dès qu'elles ont la plume aux doigts, elles oublient tout, et deviennent aussi bêtes que les hommes.

XAVIER

Mais...

FLORE

Xavier.

XAVIER

Ma tante ?

FLORE

Ne le dis pas... Ne l'avoue jamais... Nie-le même effrontément au besoin : Mais il y a des cas où il s'impose !... (Coups de feu.)

GILBERTE, au dehors.

Ma tante !... Ouvrez.

XAVIER

Grands dieux ! C'est la voix de Gilberte. (Il court au fond et reçoit Gilberte dans ses bras.)

8.

SCÈNE IV

LES MÊMES. GILBERTE

XAVIER

Qu'as-tu ?

FLORE

Oh ! je pressentais si bien quelque chose ! Ma pauvre enfant, que tu es pâle !

XAVIER

Parle, je t'en supplie. (Il l'assied.) Que t'arrive-t-il ?

GILBERTE

Je ne sais pas. Je dormais. (Avec un geste comme pour arracher un voile.) Mais je dors encore ! C'est affreux. Sortez-moi de cette ombre. Réveillez-moi. Mais réveillez-moi donc.

FLORE à Xavier.

Il y a des sels dans ma corbeille. (Ils lui passent un flacon sous les narines.)

GILBERTE

C'est cela. Encore. Je suis morte.

FLORE

L'étrange somnolence !

XAVIER

Que t'arrive-t-il ? Fleurette... c'est moi... ton frère... Xavier... Parle !...

FLORE a sonné, un domestique entre.

Le docteur, tout de suite. (Exit le domestique.)

GILBERTE, à Xavier.

Je ne puis rien te dire. Je dormais. Je croyais Maxime à mes côtés. Je l'ai vu, tout à coup, debout, devant le lit, décomposé, livide, pareil à un fantôme. Il tenait le revolver sur mon front... Pourquoi ?... Pourquoi ?... Pourquoi me tuer ?... Puis il n'était plus là. J'ai entendu crier Catherine.... Des cris de folle... Il la jetait à la rue !... Je me suis levée... Le chien hurlait... J'ai compté six coups de feu... Oui six... Alors... me voilà ! Réveillez-moi, par pitié ! Ah ! (Elle s'endort.)

XAVIER

Elle est narcotisée.

FLORE

Emporte-la sur mon lit.

(Xavier emporte sa sœur, aidé de Flore. Maxime paraît à la porte au fond.)

SCÈNE V

MAXIME, XAVIER

XAVIER

Maxime ! C'est toi !

MAXIME

Oui.

XAVIER

Qu'est-ce qui se passe ?

MAXIME

Ce n'est rien. Elle est ici, n'est-ce pas ?

XAVIER

Cela dépend. Qu'est-ce que tu lui veux?

MAXIME

A Gilberte? Tu es fou, je pense.

XAVIER

Dame ! Tu es armé.

MAXIME

C'est vrai. (Il jette le revolver.)

XAVIER

Explique alors.

MAXIME

Rien n'est plus simple. J'ai tiré sur des voleurs. .

XAVIER

Ah ! ce n'étaient que des voleurs ?

MAXIME

Que veux-tu que ce soit?

XAVIER

C'est vrai. Pourquoi ne seraient-ce point des voleurs en effet? Le quartier en est infesté.

MAXIME

Infesté. J'ai manqué les miens, voilà tout.

XAVIER, respirant.

Tu me rassures.

MAXIME

Quelle idée avais-tu donc ?

XAVIER

Aucune. Un mot de tante Flore seulement... Mais quand son imagination romanesque l'emporte, elle vous ferait perdre le bon sens ! Et le sommeil léthargique ?

MAXIME

Elle se sera empoisonnée avec du chloroforme. Catherine a confondu les fioles, je suppose.

XAVIER

Tu avais du chloroforme chez toi ?

MAXIME

J'en ai toujours pour mes névralgies.

XAVIER

Il est curieux que Turc n'ait pas aboyé.

MAXIME

Aussi je l'ai tué.

XAVIER

Tué.

MAXIME

Je n'aime pas les serviteurs infidèles.

XAVIER

Et Catherine ?

MAXIME

Catherine a eu peur... Elle s'est enfuie... Mène-moi à Gilberte.

XAVIER

Voici ma tante.

(Entre Flore.)

MAXIME

Elle est dans votre chambre, n'est-ce pas ?

FLORE

Oui, elle dort.

(Maxime entre chez Flore.)

SCÈNE VI

FLORE, XAVIER

MAXIME, entre dans la chambre.

Qui vient donc à cette heure ?

XAVIER

C'est le médecin.

MAXIME

Ah ! vous l'avez fait appeler ?

FLORE

Mais, sans doute, Maxime.

SCÈNE VII

FLORE, XAVIER, MAXIME, LIVOURNET

LIVOURNET

Est-ce pour vous, comtesse ?

FLORE

Non, mon cher ami. C'est pour Gilberte.

LIVOURNET

Voyons. Où est-elle ?

MAXIME

Mon cher docteur, je regrette que l'on vous ait dérangé au milieu de la nuit pour une alerte.

LIVOURNET

Qu'appelez-vous une alerte ?

MAXIME

Voici. Des malfaiteurs se sont introduits dans notre petit pavillon pendant mon absence. Le bruit que j'ai fait en rentrant leur a permis de s'évader. J'ai tiré, sans résultat d'ailleurs, mais Gilberte a pris peur et elle s'est enfuie à travers le parc jusque chez sa tante.

LIVOURNET

Diable. Cela ne va guère avec mon bromure. Je vais la voir.

MAXIME

Cela ne vous servirait à rien. Elle repose.

LIVOURNET

N'importe. Le pouls bat quand on dort. Conduisez-moi.

MAXIME

Vous voulez donc la réveiller !

FLORE, à part.

C'est étrange. Il ne veut pas que Livournet la voie.

LIVOURNET

Êtes-vous médecin ? Non : eh bien, laissez-moi la voir. Dans certains états, la terreur peut déterminer des désordres graves que je dois prévenir. Je la connais, n'est-ce pas ? c'est moi qui l'ai mise au monde et même qui l'y ai maintenue, dit-on.

MAXIME

Demain, je vous en prie. Elle est très calme, voyez.
(Il soulève la tenture de la porte.)

LIVOURNET

Je ne fais pas de médecine à distance. Bonsoir.
Qu'est-ce que cela signifie, comtesse?

FLORE

C'est le mari. Je n'ai rien à dire.

LIVOURNET

J'aurais donc mauvaise grâce à me montrer plus inquiet que vous ne l'êtes tous. Bonsoir, et dormez bien.
Je vais aller en faire autant.

MAXIME

Permettez-moi de vous reconduire.

XAVIER, joyeux.

Ah! ma tante, c'est concluant, ce refus de la lui
laisser voir. C'est qu'elle n'a rien.

FLORE

Concluant dans quel sens?

XAVIER

Dans le sens des voleurs. Si l'horrible soupçon qui
vous a traversé l'esprit et que vous m'aviez presque
communiqué était fondé...

FLORE

Eh bien, Xavier?

XAVIER

Le médecin serait nécessaire.

FLORE

Tu crois ?

XAVIER

Comment, si je crois. Maxime n'est pas un monstre.

FLORE

Non, mais c'est peut-être un brave.

XAVIER

Soyez claire.

FLORE

Moi, j'aurais préféré qu'il la lui laissât voir, voilà tout. Mais ce sont des idées de vieille femme. Je croirais davantage... aux voleurs... Je veux dire que je n'en douterais plus du tout.

XAVIER

Vous en doutez encore ?

FLORE

Je te dirai cela dans un mois. (Maxime rentre.)

MAXIME

Je vous en prie, allez vous reposer tous les deux. Je me charge de veiller Gilberte. Bonsoir, tante. Bonsoir, Xavier.

FLORE

Bonsoir, Maxime. Décidément c'est un brave ! Viens, Xavier. (Ils sortent.)

SCÈNE VIII

MAXIME, seul.

Voyons ! J'avais peut-être mieux compris d'abord...

9

Cet homme qui s'est enfui par la fenêtre, c'était un amant !... Je l'ai poursuivi dans la rue sans pouvoir l'atteindre... ô désespoir ! Et sans le reconnaître !... Un amant, Gilberte ! Est-ce que c'est possible ? Non, non, mille fois non ! puisqu'elle m'aime !... D'ailleurs, quand je suis revenu auprès d'elle, ce sommeil léthargique, ce narcotique au fond du verre !... Un amant n'endort point !... Enfin cette femme de chambre éperdue, folle, échevelée, demi-nue, qui me criait grâce... Grâce ? Elle était donc complice. C'est elle qui avait préparé la boisson... Oh ! je l'ai jetée à la rue... Je l'aurais jetée à l'égout... Je suis environné d'horreur ! Mais quel peut être cet homme ? Comment Turc n'a-t-il pas aboyé ?... Il le connaissait donc ?... Brutus ! (il s'évanouit.)

ACTE DEUXIÈME

CHEZ MAXIME

SCÈNE PREMIÈRE

FLORE, GILBERTE

(Elles viennent du fond.)

FLORE

Elle est charmante, votre nouvelle installation. L'ameublement surtout m'en plait ; il me rappelle celui qui était chez mon père. On en revient donc à ce bon vieux rococo dont on a tant médit. C'est du Louis XVI tout cela ! Quel est votre tapissier ?

GILBERTE

C'est Maxime. Il a tout choisi, tout disposé lui-même. Il a tant de goût. Moi, je suis entrée ici comme un voyageur chez une fée, sans savoir où j'étais. Maxime m'avait ménagé cette surprise. Je m'explique maintenant pourquoi il a voulu que je restasse chez vous, ma tante, après cette nuit terrible. Il me préparait ce joli nid.

FLORE

Vous n'avez plus rien de votre ancien mobilier ?

GILBERTE

Hélas ! il paraît que tout a été consumé par cet incendie. On n'a pu sauver que les manuscrits de Maxime et mes colifichets de jeune fille. Que de choses je regrette ! Ce que je tenais de vous et de mon frère surtout.

FLORE

Il est encore heureux que tu ne te sois pas trouvée là, tu rôtissais, et cela ne s'assure pas, des anges tels que toi. Ah çà ! mais qu'est-ce que représente cet atelier ? Maxime compte s'adonner à la menuiserie ?

GILBERTE

C'est le salon, ma tante.

FLORE, lorgnant.

Ça ?... Quelle drôle d'idée vous vous faites d'un salon français ! Mais on est dans la rue. Où cause-t-on dans ces hangars ? Sous les tables ?... Et ça, qu'est-ce que c'est que ça ?

GILBERTE, troublée.

Un lit de camp, ma tante.

FLORE

Vous couchez des militaires ?

GILBERTE

Maxime travaille ici, et souvent fort tard dans la nuit. Il se jette là tout habillé.

FLORE

Ah ! ah ! déjà ? — Et toi ?

GILBERTE

Nous avons une chambre ravissante. Voulez-vous la voir ? (Elle va à droite et soulève une portière.)

FLORE

Voyons... Oui, très jolie. J'aimais mieux l'autre.

GILBERTE, tristement.

Moi aussi.

FLORE, se retourne vivement.

Viens ici, toi. — Qu'est-ce que tu as ?

GILBERTE

Rien, ma tante.

FLORE

Tu es brave. Mais moi, on ne me trompe pas.

GILBERTE

Notre pauvre petite maison, où il m'aimait tant ! Où est-elle ? Quel vent l'a emportée à jamais dans la fumée ! Pourquoi ne suis-je plus heureuse ! Qu'ai-je fait ? Je me tue à le deviner. J'enlaidis peut-être. Mais ce n'est pas ma faute, c'est la sienne, il ne m'aime plus !

FLORE

Ta ta ta ta. D'abord, tu n'as jamais été plus adorable, pour ta gouverne. Et puis, s'il ne t'aimait plus, il serait un imbécile ; il n'est pas un imbécile, du moins on le dit. — Mais il n'y a pas moyen de causer dans cette cathédrale : la voix y réveille des orgues. Viens près de moi épancher ta misère. Je suis de bon conseil quoique ou parce que folle, et j'en ai sauvé plus d'une que j'aimais moins que toi, ma fille.

GILBERTE, regardant au fond.

Xavier et le docteur peuvent entrer. Je ne veux pas qu'ils me croient malheureuse.

FLORE

Malheureuse ? Il ne te bat pas, je suppose.

GILBERTE

Oh ! tante Flore.

FLORE

Est-ce qu'il te trompe ?

GILBERTE

J'en mourrais.

FLORE

Il n'y a donc que le lit de camp. Raconte-moi le lit de camp.

GILBERTE

Mais...

FLORE

Va donc. J'ai tout vu,

GILBERTE

Jamais il n'a été plus prévenant, plus attentif à mes moindres désirs, plus inquiet de ma santé même. C'est presque excessif. Je ne formule plus un souhait qu'il ne soit réalisé une heure après. C'est au point que je n'ose plus rien dire devant lui. Tenez, ce matin à déjeuner je lui contais que j'avais vu des poires extraordinaires chez Chevet. Il ne m'a rien répondu, mais je suis sûre que tout à l'heure les fruits seront ici. Jugez du reste par ce détail.

FLORE

Horrible !

GILBERTE

Ne vous moquez point, ma tante. Si je me fais mal
entendre, c'est que j'ignore moi-même la cause mysté-
rieuse de mon chagrin.

FLORE

Je t'écoute de toute mon âme.

GILBERTE

Imaginez l'ami le plus doux auprès d'une malade —
car il a l'air de me soigner. Sa tendresse est comme une
veillée. C'est presque de la pitié. Si je me heurte ou
me pique, il entre dans de grandes colères. Il s'en rend
responsable. Il me gronde de ne pas assez me distraire,
de ne rien dépenser, de n'avoir aucun caprice, et de
ne vouloir vivre que de l'air qu'il respire. Tout cela
c'est encore de l'amour, mais ce n'est plus le même,
celui de la chère maisonnette incendiée.

FLORE

Un bon baiser ferait mieux ton affaire.

GILBERTE

Je vois que ma plainte est ridicule, puisque vous, qui
êtes femme, vous ne me comprenez pas.

FLORE

Qui, moi ? mon cher mouton ! Écoute. Auparavant,
même lorsqu'il était loin, tu le sentais auprès de toi.
Maintenant, tout près de lui, tu en es à cent lieues.
Quelque chose s'interpose entre lui et toi, méchamment,
comme dans ces jeux d'enfants où l'on tourne autour
d'un arbre sans s'atteindre.

GILBERTE

C'est cela, c'est cela...

FLORE

Tu crois donc que je n'ai jamais aimé! Eh bien, cela ne serait rien, Gilberte, si toi, tu ne l'aimais plus follement que jamais. Car tu l'aimes dix fois plus qu'avant ton mariage. Pas un atome de ton cher être céleste qui ne tende vers cet animal! Et ce sera ainsi toute ta vie. Voilà le péril, il est là. Veux-tu me laisser faire?

GILBERTE

Si vous devez me le rendre, oh! oui.

FLORE

Encore une question. Depuis quelle époque as-tu remarqué ce changement?.. Avant ou après le soir des voleurs?

GILBERTE

Après, ma tante.

FLORE

Bon. Et le lit de camp? De quand date-t-il, le lit de camp? De l'incendie du pavillon?

GILBERTE

Oui, ma tante.

FLORE

Il y a déjà tout un mois, alors, que tu es veuve?

GILBERTE

Silence, ma tante, je vous en prie. Si on nous entendait!...

FLORE

Alors il n'y a pas de temps à perdre. J'entends ton

frère. Va m'attendre dans ta chambre. Je suis à toi dans cinq minutes.

(Elle la mène à sa chambre.)

SCÈNE II

FLORE, XAVIER

XAVIER

Le docteur est impayable : il est en train de prouver à Maxime que les jardins sont nuisibles à la santé et que...

FLORE, de sa place.

Psitt ! psitt !

XAVIER, allant vite à Flore.

Qu'est-ce qu'il y a ?

FLORE

Qu'est-ce que je t'avais dit ? Le mois est passé... et c'est fini.

XAVIER

Qu'est-ce qui est fini ?

FLORE

Ce n'étaient pas des voleurs.

XAVIER

Oh ! mon Dieu ! qu'est-ce que vous me dites ?

FLORE

Je te dis qu'il ne l'aime plus... Maxime n'aime plus ta sœur.

9.

XAVIER

Pourquoi ?

FLORE

Parce que ce n'étaient pas des voleurs ?

XAVIER

Alors votre soupçon terrible ?...

FLORE

Ce n'est plus un soupçon, c'est une certitude.

XAVIER

Non, non, je ne vous crois pas. Votre imagination vous emporte.

FLORE

A ton aise. Je la sauverai donc à moi toute seule. Ce sera plus difficile qu'avec ton aide. Mais je m'en passerai. Va à tes affaires.

XAVIER

Enfin, quelles preuves avez-vous ?

FLORE

Mon garçon, les poètes sont bien gentils, mais quand ils nous chantent que deux êtres qui s'adorent et qui sont jeunes, peuvent se priver de toute possession et vivre de la rosée des fleurs, les poètes sont des poètes. Regarde où il couche, le tien, de poète. Là, sur un lit de camp. Pourquoi pas dans le lac de Lamartine ?

XAVIER

Mais...

FLORE

Non, ne cherche pas. Elle est perdue. Il ne l'aime plus. Il y a entre eux... la fatalité.

XAVIER

Soit. Mais Maxime est un cœur généreux, un esprit loyal, une raison droite...

FLORE

Au diable tes grands mots !

XAVIER

Il ne peut pas la rendre responsable d'une fatalité. Ou bien alors c'est un misérable, et je le lui dirai.

FLORE

Tu parles en frère ; il éprouve en mari.

XAVIER

Alors, c'est bien. J'aurai mon rôle en cette affaire.

FLORE

Tu vas te tenir tranquille et me laisser agir. L'important est qu'elle continue à... dormir. La révélation de son malheur la tuerait net.

XAVIER

Quelle ressource avez-vous ?

FLORE

Une. La plus terrible de mon bissac, par exemple. Mais elle est sûre. Écoute. Arrange-toi en sorte que Maxime demeure ici.

XAVIER, résolument.

Il demeurera.

FLORE

Livournet aussi peut-être.

XAVIER

Ah! le docteur aussi ? C'est dangereux alors ?

FLORE

Imagine-toi que Gilberte succombe à une fièvre céré-
brale et que nous la plongions toute brûlante dans un
bain d'eau glacée... Voilà tout.

XAVIER

Eh bien ?

FLORE

C'est ce que nous allons faire, à nous deux.

XAVIER

Allez. Mon rôle ?

FLORE

Très simple. Approuver tout ce que je dirai. Appuyer
ce que je vais faire, sans hésiter, sans réfléchir et sans
faiblir aussi, mon cher enfant.

XAVIER

Expliquez-moi.

FLORE

Non. Tu ne voudrais plus. Ce n'est pas un moyen
d'homme que j'emploie ; c'est une ressource de femme...
C'est un peu lâche, mais c'est très sûr. Es-tu décidé ?

XAVIER

Oui.

SCÈNE III

Les Mêmes, UN COMMISSIONNAIRE

LE COMMISSIONNAIRE

Faites excuse... Est-ce ici, Mme... Attendez donc que

je regarde les étiquettes... J'ai deux paquets...
Mme Maxime Ménorval!

XAVIER

Oui c'est ici. Qu'avez-vous pour elle ?

LE COMMISSIONNAIRE

Espérez un peu. C'est pour elle les poires, les fleurs
sont pour l'autre. Ne confondons pas autour avec alen-
tour.

FLORE

Vous avez des fleurs pour une autre personne ?

LE COMMISSIONNAIRE

Oui. « Mlle Olga du théâtre de... » je ne peux pas lire
ce mot-là.

FLORE

C'est la même personne qui envoie ces deux présents ?

LE COMMISSIONNAIRE

Naturellement, avec sa carte.

FLORE

Eh bien, vous avez mal compris. Ceci est pour
Mme Ménorval et ceci est pour l'autre. Rétablissez les
cartes, tenez, comme cela. (Elle intervertit les cartes.)

LE COMMISSIONNAIRE

C'est bon. Mais alors qu'est-ce qu'il faut laisser ?

FLORE

C'est bien simple, les poires de l'une et l'adresse de
l'autre. Voici votre pourboire.

LE COMMISSIONNAIRE

J'emporte les fleurs alors.

FLORE

Allez.

LE COMMISSIONNAIRE

C'est que je vais vous dire... Pour les poires... il faisait si chaud... Enfin j'en ai entamé une... je voudrais la rembourser.

XAVIER

Allons, sortez. Vous m'agacez.

(Exit le commissionnaire.)

SCÈNE IV

FLORE, XAVIER

FLORE

Lis, Xavier : « Mlle Olga, du théâtre du Gymnase, de la part de (Elle retourne la carte) Maxime Ménorval. »

XAVIER, marchant à grands pas.

Vous aviez raison : cet homme-là n'est pas de notre race. C'est un manant.

FLORE

Remets la carte sur la table. Maintenant, mon cher enfant, sois tranquille. Ta sœur est sauvée. (Elle entre chez Gilberte.)

SCÈNE V

XAVIER, MAXIME, LIVOURNET

MAXIME

Eh bien, docteur, je ferai planter des arbres en fer-

blanc et des tulipes en tôle. De cette façon, nous n'au-
rons pas à craindre les exhalaisons morbides des fleurs.

LIVOURNET

Et vous ferez bien : autant de fleurs, autant de poi-
sons. La nature est une grande Locuste.

MAXIME

Ah! les fameuses poires sont arrivées. Julie m'a
raconté l'histoire de cet ivrogne. Le goujat en a attaqué
une !... Gilberte va être contente. (A Xavier.) Qu'est-ce
que tu as? Tu es tout pâle.

XAVIER

Eloigne Livournet.

MAXIME

Mon cher docteur, Xavier a quelque chose à me dire
en particulier. Voulez-vous nous attendre ici un instant?

LIVOURNET

Mais non, j'aime mieux aller fumer un cigare dans le
jardin, pour le désinfecter. (Il sort.)

SCÈNE VI

XAVIER, MAXIME

MAXIME

Qu'est-ce qu'il y a?

XAVIER

Je t'ai aimé comme un frère. Je t'ai admiré comme
un brave. J'ai cru en toi plus qu'en moi-même. Tu étais
pauvre, isolé, sans famille; la vie n'ouvrait devant toi

que des chemins arides. Tu étais destiné à la misère, à l'obscurité, au désespoir peut-être. Je t'ai donné une famille ; je t'ai sorti du néant et je t'ai fait le travail heureux et facile. Tu as, grâce à moi, réalisé un rêve de gloire, de fortune et d'amour. Et voilà ce que tu as fait de ma sœur !

MAXIME

Ah ! Xavier. Le chagrin t'égare, toi aussi ! J'y ai passé, je te pardonne.

XAVIER

Ma pauvre Gilberte ! Tu sais qui c'est que Gilberte ! Il n'y a pas sur les sommets des montagnes de lac plus pur et plus transparent que cette âme. Je pouvais la donner à des princes, à des hommes illustres, je pouvais choisir dans l'élite pour elle. Elle avait tous les dons : beauté, grâce, candeur, noblesse, fortune et séduction infinie. Elle est à toi. Elle t'aime à en mourir.

MAXIME

Si elle ne m'aimait pas, crois-tu que je serais encore en vie. — Tu sais tout, alors ?

XAVIER

C'est donc vrai ?

MAXIME

Ah ! Xavier, voilà un étrange piège. Je pourrais m'en venger en te révélant le nom du misérable... Mais tu souffrirais trop.

XAVIER

Dis-le-moi.

MAXIME

Non. Je veux garder au moins cette moitié de ma torture pour moi seul. J'avais rêvé de vous épargner l'autre, à notre tante et à toi... Mais j'avais compté sans la pénétration de la comtesse. C'est elle qui t'a instruit, n'est-ce pas ? Elle a deviné ?

XAVIER

Oui.

MAXIME

Je vous plains tous les deux de tout ce que j'endure. Mais l'important est que Gilberte vive dans l'éternelle ignorance de son malheur. Tant qu'elle ne saura rien, je pourrai écouter tes reproches... Emousse-les un peu cependant, si tu m'aimes.

XAVIER

Soit, mais par où la catastrophe, qui nous atteint tous à des degrés différents, si tu veux, nous libère-t-elle de nos devoirs envers Gilberte, moi de mes devoirs de frère, toi de tes devoirs de mari ? En quoi justifie-t-elle une trahison ?

MAXIME

Quelle trahison ? Je ne suis pas l'amant d'Olga.

XAVIER

Jure-moi que tu ne le seras pas avant huit jours.

MAXIME

Hélas ! Xavier, c'est possible.

XAVIER

C'est là ta réponse ?

MAXIME

Où as-tu pris que je fusse un demi-dieu ? Je suis un homme comme toi. J'ai fait des efforts inouïs pour me dompter. Tu n'en sais rien et n'as pas à le savoir. J'ai

mis moi-même le feu à ma maison, espérant qu'avec
les témoins disparaîtrait le témoignage. Mais la mémoire
est un livre où rien ne s'efface. Il y a deux Gilberte,
celle qui est ici et celle qui est morte. Rends-la-moi,
celle-là, et tu retrouveras Maxime.

XAVIER

Cela veut dire que tu ne l'aimes plus ?

MAXIME

Je ne l'aime plus, moi ! Mais j'en meurs.

XAVIER

Alors si tu l'aimes, pourquoi la délaisses-tu ?... Enfin
réponds... nous sommes des hommes et nous pouvons
tout nous dire... Gilberte est adorablement jolie... et
vous n'avez pas d'enfant.

MAXIME

Oh ! je t'en conjure ! Pas cela. C'est à me précipiter
par cette fenêtre.

XAVIER

Est-ce que je n'aurai jamais de neveu, Maxime ?

MAXIME

Tiens, tu me tenailles sans pitié. Souffre à ton tour.
L'infâme... c'est Brutus !

XAVIER

Oh !... (Il fait un effort pour ne pas tomber et se domine peu à peu.
Eh bien, qu'importe, tu dois épargner ma sœur.
Épargne ma sœurette, Maxime.

MAXIME

Tu ferais ce que tu me demandes, toi ?

XAVIER

Oui.

MAXIME

Jure-le.

XAVIER

Je le jure.

MAXIME

Ah!... Tu vois ce fruit. Il était exceptionnellement beau et savoureux... Un goujat y a mordu... Finis-le.

XAVIER, reculant.

Qui?... moi? Pourquoi?

MAXIME

Je n'ai pas autre chose à te dire. Je vais rejoindre Livournet. (Il sort.)

SCÈNE VII

XAVIER, seul.

Que répondre? Rien. Son argument est concluant. Moi-même, moi, le frère, je ne trouve rien à lui dire. Je ne peux pas la défendre. O honte de ma conscience, je le comprends, et je sens que j'agirais comme lui. De quoi est-ce fait l'amour de l'homme, s'il ne résiste pas à l'épreuve d'une fatalité si évidente et si irresponsable. Il ne s'agit plus de conventions, c'est la nature qui se révolte... C'est vrai tout de même qu'il me serait impossible de finir ce fruit, après cette brute qui y a mis les dents... Pourquoi? Est-ce que je sais? Non, c'est plus fort que moi. Un homme de ma race et de ma condition, passe encore. Mais ce portefaix!... Pouah!... Ma pauvre sœur!

SCÈNE VIII

XAVIER, GILBERTE, FLORE

GILBERTE

Non, oh non, ma tante. Un autre moye... ... Pas celui-
là. Je ne pourrais pas.

FLORE

Mais ce n'est qu'une feinte, te dis-je. Nous sommes
là, ton frère et moi, pour savoir quel ange tu es, et si
nous te conseillons cela, c'est que tu n'as pas d'autre
moyen de le ramener à toi : c'est une simple ruse de
guerre conjugale.

GILBERTE

L'idée d'avoir trompé Maxime n'entre ni là, ni là. Je
ne comprends pas... Et puis, il ne me croirait pas...

FLORE

Essaie.

GILBERTE

Sais-tu, frère, ce que ma tante... Je ne puis même
pas te l'expliquer... Laisser croire à mon mari que je
l'ai trahi ? Est-ce qu'une femme peut faire cela ?

XAVIER

Si c'est une feinte en effet.

GILBERTE

Non, décidément, je refuse. Trouvez autre chose.
J'aime mieux souffrir.

FLORE

N'en parlons plus. Mais je te sauverai, mâtine, mal-

gré toi-même. (A Xavier.) Aide-moi. Voici le bain d'eau
glacée.

XAVIER, à part.

Que va-t-elle lui dire ?

FLORE

Du moment que tu préfères accepter...

GILBERTE,

Oui, tout plutôt que cela, ma tante.

FLORE

Même qu'il te trompe ?

GILBERTE, effarée.

Vous dites ?...

XAVIER

Oh ! c'est térrible, ma tante !

FLORE, à Xavier.

Du courage, mon enfant.

GILBERTE

Alors Maxime me trompe ? Vous ne répondez rien, ni
l'un ni l'autre ?

FLORE, allant au panier de poires.

Voyons, es-tu brave ? Es-tu forte ? Veux-tu te venger ?

GILBERTE

Me venger ? Vous voulez dire le reprendre.

FLORE

Oui, le reprendre, si tu veux. Lis. (Elle tend la carte à Gilberte.)

GILBERTE, lisant la carte.

C'est vrai, dis, frère ? (Xavier se retourne.)

FLORE

Voici ton mari.

GILBERTE

C'est bien. Votre conseil est bon. Laissez-moi seule avec lui.

FLORE, à Xavier.

Tu vas voir le joli animal que vous êtes, ô mon neveu, et quelle bonne arme de défense que l'adultère, lorsque l'on sait s'en servir.

SCÈNE IX

GILBERTE, MAXIME

MAXIME

Tu es seule ! Xavier et ta tante sont partis ?

GILBERTE

Oui.

MAXIME

Qu'est-ce que tu as ? Est-ce que tu souffres ?... Livournet est encore là, il faut l'appeler.

GILBERTE

C'est inutile. Mais je souffre un peu en effet. A peu près les mêmes troubles que le soir du voleur.

MAXIME, inconsciemment.

Quel voleur ?

GILBERTE, le regardant.

Comment, quel voleur ? Est-ce que ce n'était pas un voleur ?

MAXIME

Si, si. Je pensais à autre chose.

GILBERTE

Tu m'as fais peur. J'ai cru que tu en doutais.

MAXIME

Il n'y a pas à en douter.

GILBERTE

Les mauvaises langues ont si vite fait de déshonorer une femme.

MAXIME, avec angoisse.

Qu'est-ce qu'on dit ?

GILBERTE

Tu le devines, n'est-ce pas ?

MAXIME

Non, vraiment.

GILBERTE

Oh ! c'est pour te moquer. La première et la dernière accusation qu'on jette à une femme mariée, est celle d'avoir... un amant.

MAXIME, respirant.

Oh ! si ce n'est que cela. (A part.) Elle m'a fait trembler.

GILBERTE

Si l'on te disait que j'ai un amant, Maxime, qu'est-ce que tu répondrais ?

MAXIME

Moi. Je rirais.

GILBERTE

Et si on te le prouvait?

MAXIME

Est-ce que tu deviens folle?

GILBERTE

Me voilà rassurée.

MAXIME, allant à elle.

Il se passe en toi quelque chose d'extraordinaire. Je
ne te connais pas sous ce jour agressif. Tes yeux
brillent ; les mains brûlent.

GILBERTE

C'est comme l'autre fois, quand tu m'as surprise.

MAXIME

Je t'ai surprise, moi?

GILBERTE

Ah! tue-moi, tue-moi, et que ce soit fini. Je l'aime
encore.

MAXIME

Gilberte! (Changeant de ton.) Allons, voyons, tu parles
dans la fièvre. Tu ne sais pas ce que tu dis. Mon cher
ange, remets-toi.

GILBERTE, à part.

Il ne me croit même pas ; je ne sais pas mentir!

MAXIME, roulant un fauteuil.

Il faut t'asseoir ici, pendant que je vais chercher

Livournet. (Il l'accommode sur le fauteuil.) Je t'en prie, je le veux. (Puis il va vers la porte.)

GILBERTE

Est-ce qu'elle est jolie, cette Olga du Gymnase ?

MAXIME, revenant d'un bond.

Quel est le misérable qui t'a appris ce nom ?

GILBERTE

Ne te fâche pas. C'est le hasard. (Elle jette la carte à ses pieds.) (Maxime saisit la carte et la lit.) Je suis bien aise que tu t'amuses. J'en ai moins de remords. Au fond, ma tante a raison : les ménages d'autrefois étaient plus sages que les nôtres. La tolérance vaut mieux. On ne s'en estime que davantage.

MAXIME

Tu réfléchis à tout ce que tu dis en ce moment ? Tu t'en rends compte ?

GILBERTE

Lorsque, en arrivant ici, j'ai vu que tu t'étais réservé un lit de campagne, j'en ai éprouvé comme un soulagement. T as bien fait aussi de chasser Catherine ; il faut toujours se débarrasser de ces gens, faciles à la trahison, qui peuvent parler à un moment donné et attester qu'ils ont vu...

MAXIME

Elle avait vu le voleur ?

GILBERTE, riant.

Quel voleur ?

MAXIME

Si ce n'est pas une effroyable comédie, machinée

10

entre ta tante et toi, regarde-moi bien en face, dans les yeux, comme ceci, et réponds. L'homme qui sortait de ta chambre et qui s'est sauvé par la fenêtre à mon arrivée, c'était...

GILBERTE

Qui ?

MAXIME

Ton amant ?

GILBERTE

S'il sortait vraiment de ma chambre, je ne vois pas, à moins d'être ce que tu dis, ce qu'il y était venu faire.

MAXIME

Et tu as l'impudence d'en convenir ? Les yeux fixes ?... Quelle femme es-tu ?

GILBERTE

Qui sait ? Une Olga peut-être !

MAXIME, portant la main à sa gorge et à ses yeux.

Ah ! ah ! ah !... Je vois rouge.

GILBERTE, effrayée.

Maxime.

MAXIME

Son nom ?

GILBERTE

Mais...

MAXIME

Vite, son nom.

GILBERTE, perdant la tête.

Je ne sais pas... je... je mentais. Ce n'est pas vrai.

MAXIME, continuant.

Son nom, tout de suite.

GILBERTE

Tu y crois donc ?

MAXIME

Il me faut le nom de ton amant... Je veux l'avoir... Entends-tu... Ah ! tu le diras, misérable ! (Il la saisit à la gorge. Entre Livournet.)

SCÈNE X

TOUS LES PERSONNAGES

LIVOURNET

Qu'est-ce que vous faites donc ? Vous assassinez votre femme ?...

MAXIME

Un amant !... C'était un amant... Je deviens fou ! (Il s'enfuit.)

GILBERTE, à Flore.

Ah ! ma tante, merci... Il me tuera. Il me tuera. Il m'aime encore.

ACTE TROISIÈME

SCÈNE PREMIÈRE

FLORE, puis LIVOURNET

FLORE, seule.

Qu'est-ce qu'ils ont donc à me laisser seule aujourd'hui? Personne n'arrive, ni mon neveu, ni Livournet... Oh! ce Livournet, il prétend qu'il m'a aimée et il oublie ma partie de piquet!... Comme si je pouvais me passer de ma partie de piquet!... (Livournet entre.) Ah! vous voilà! ce n'est pas malheureux! J'allais jouer devant ma glace.

LIVOURNET

Mais je ne suis pas en retard, vous avancez. J'ai de vrais malades en ce moment. (Il s'assied à la table.)

FLORE

Eh bien et moi?

LIVOURNET

Oh! vous! Je voudrais bien que Gilberte fût aussi solide que vous l'êtes! Comment va-t-elle depuis cette incroyable aberration de son mari?

FLORE

Beaucoup mieux. Ça nous fait du bien d'être étranglées. J'ai six cartes.

LIVOURNET

Elles ne valent rien.

FLORE

Trois valets.

LIVOURNET

Non. Est-ce tout ?

FLORE

Comment si c'est tout ? Qu'est-ce que vous voulez donc qu'on ait quand on est veuve ?

LIVOURNET, riant.

J'ai sept cartes, dix-septième majeure et quatorze d'as, total 97. Je joue 98 si vous le permettez.

FLORE

Miséricorde ! Dites tout de suite que vous allez vous marier ; ce n'est pas une chance de garçon !

LIVOURNET, jouant.

99, 100, 1, 2, 3, 4, 5, 6, 7, 8, 9, la dernière 10 et 40 de capot : 150. A présent, comment vous portez-vous ?

FLORE

Et vous appelez ça : jouer aux cartes ! Tenez, Livournet, je vous méprise ! (Elle lui jette son jeu à la tête.)

LIVOURNET, riant.

Bien, bien. Est-ce que Xavier ne vient pas aujourd'hui ?

FLORE

Ce serait complet, mon ami, et je n'aurais plus qu'à me jeter à l'eau, ou à vous épouser, pour en finir.

LIVOURNET

A votre disposition. Voulez-vous votre revanche ?

10.

FLORE

Nous avons tout le temps, ce me semble.

LIVOURNET

Non, aujourd'hui je serai forcé de vous quitter de bonne heure. J'ai une malade très intéressante.

FLORE

Elle va mourir ?

LIVOURNET

La pauvre fille ! C'est une femme de chambre du quartier, chassée par ses maîtres, et qu'on a trouvée dans la rue, la nuit, à demi nue et à moitié folle. Elle n'a voulu donner son nom à personne.

FLORE

Ah ! pourquoi ?

LIVOURNET

Elle se meurt de honte.

FLORE

Qu'est-ce qu'elle a fait ?

LIVOURNET

Je n'en sais rien. Mais parlez-moi donc de Maxime. Qu'est-ce qui lui a pris ?

FLORE

Un simple vertigo... un accès de jalousie furieuse... de l'othellisme.

LIVOURNET

Ah ! Ça n'a pas le sens commun. Gilberte ne vit qu'en lui et pour lui.

FLORE

Raison de plus. Vous êtes comme cela, vous autres.
Plus on vous en donne et plus vous en voulez.

LIVOURNET, pensif.

C'est bizarre.

FLORE

Allons, ma revanche. (Ils jouent.)

LIVOURNET

Et où est-il en ce moment ?

FLORE

Qui ? le guignon ? toujours chez moi.

LIVOURNET,

Non, Maxime ?

FLORE

Où voulez-vous qu'il soit ? Chez lui, je pense.

LIVOURNET

Avec sa femme ?

FLORE

Non, Gilberte est ici, dans sa chambre de jeune fille.

LIVOURNET, jetant les cartes.

Ici ?... Pourquoi ?

FLORE

Mais... pour se remettre de l'étranglement d'abord.
Quand ils commencent à étrangler, ils en prennent
l'habitude... C'est un parvenu, ce garçon-là !

LIVOURNET

Décidément, on me cache quelque chose. (Apercevant
Xavier qui entre.) Ah ! voici Xavier.

SCÈNE II

LES MÊMES, XAVIER

FLORE

Arrive donc ! Livournet porte le diable en terre aujourd'hui.

XAVIER

Bonjour, ma tante. (Il l'embrasse.) Bonjour, docteur.

LIVOURNET

Qu'est-ce que vous avez, vous ? Votre main est brûlante ?

XAVIER

Ce n'est rien. La fatigue du voyage.

FLORE

Tu viens de voyager ?

XAVIER

Oui. Comment va ma « sœurette » ?

FLORE

Très bien. (Bas.) Je te parlerai d'elle tout à l'heure, quand Livournet sera parti.

LIVOURNET

D'où venez-vous donc ?

XAVIER

De Londres.

FLORE

De Londres, toi ?

XAVIER

Qu'y a-t-il là de si extraordinaire ?

FLORE

Mais tu ne me l'avais pas dit ?...

XAVIER, souriant.

Je ne vous dis pas tout. (Il se détourne.)

FLORE

Ah ! bien !....

LIVOURNET, à Flore.

Vous ne le trouvez pas singulier, votre neveu. Regardez donc ses yeux... Ils sont comme égarés...

FLORE

C'est vrai. Qu'est-ce qu'il est allé faire à Londres ?

XAVIER, de loin.

Ma sœur est ici ? (Il frissonne.)

FLORE

Oui. Mais qu'est-ce que tu as, mon enfant ! Tu frissonnes de tout le corps...

XAVIER

Mais rien du tout. C'est la fatigue du voyage.

FLORE

Livournet, voyez donc.

LIVOURNET

Oui... j'observe...

XAVIER

Je vais embrasser Gilberte. (Il entre à gauche.)

LIVOURNET, à Flore.

Ah! çà, que se passe-t-il donc ici depuis quelque temps ? On m'appelle la nuit et on me renvoie. Le feu prend dans le pavillon... Maxime tue des chiens et veut assassiner sa femme... Xavier va à Londres mystérieusement et en revient avec une figure décomposée... Est-ce qu'on ne m'aime plus qu'on ne me dit plus rien ?

FLORE

Je vous expliquerai tout cela plus tard. Allez à vos malades, mon cher ami, et revenez tantôt, nous causerons.

XAVIER, sortant de chez Gilberte.

Voici Maxime qui entre dans l'hôtel.

FLORE

Que devons-nous faire?

LIVOURNET, étonné.

Mais le recevoir, je suppose.

FLORE

Et s'il recommence? Il est éperdument jaloux.

LIVOURNET

De qui?

FLORE

Ceci n'est pas de votre ressort.

LIVOURNET

Pardon, pardon, mais je désire savoir de qui Maxime est jaloux. J'ai charge d'âme et de corps, et Gilberte m'inquiète un peu.

FLORE

Eh bien, puisqu'il faut tout vous dire, Maxime est

jaloux d'un amant imaginaire que je lui ai jeté dans les jambes pour sauver Gilberte.

LIVOURNET

La sauver de quoi ?... Mais vous êtes folle ! Et il croit à cet amant ?

FLORE

Vous avez bien vu. Il l'étranglait !

LIVOURNET

C'est à cause de cela ? Vite, vite ! Il faut le désabuser tout de suite.

FLORE

Ce sera pire.

LIVOURNET

En quoi pire ?

FLORE

Allez à vos malades, Livournet. J'ai les miens.

LIVOURNET

Vous allez laisser Maxime dans cette erreur horrible ?

FLORE

Il le faut.

LIVOURNET

Mais jusqu'à quand ?

FLORE

Jusqu'à ce que je sois grand'mère, Livournet.

SCÈNE III

Les Mêmes, MAXIME

LIVOURNET

Ah ! vous voilà... Qu'est-ce que vous devenez ?

MAXIME

J'ai erré, je ne sais où, c'étaient des bois. Mais laissons cela. Elle est ici.

XAVIER

Qu'est-ce que tu lui veux?

MAXIME

Encore? Je veux la voir.

LIVOURNET

Pardon, si je permets.

MAXIME

Mais je suis son mari, docteur.

LIVOURNET

Mais je suis son docteur, mari.

MAXIME

Vous me défendez de voir Gilberte?

LIVOURNET

Je ne dis pas cela. Mais vous étranglez, mon cher.

MAXIME

Oh! Livournet... C'est à peine si je me tiens debout!... Je ne suis pas bien redoutable, mon ami. Et puis je l'aime tant!...

LIVOURNET

S'il en est ainsi! Mais je dois vous avertir, Maxime, et ici c'est le médecin qui parle. Votre femme a le cœur malade... il faut être d'une prudence extrême avec elle. La moindre émotion un peu violente peut

lui être fatale, vous m'entendez bien, fatale. J'ai une
responsabilité avec un homme de votre violence.

MAXIME

Je m'en vais !...

XAVIER

Maxime.

MAXIME

Ainsi, vous me la reprenez, celle que vous m'aviez
donnée tous les deux. Je n'ai plus le droit de l'aimer,
d'entendre sa chère voix, de m'enivrer de ses regards,
de m'embaumer de son souffle !... Soit, mais je vous
jure, moi, que je ne puis pas vivre sans elle...

FLORE, à Xavier.

L'aime-t-il à présent ?

MAXIME

Adieu.

LIVOURNET

Allons, on va vous l'envoyer. Mais voici les conditions de la Faculté : Pas un reproche, pas un cri, pas
un geste même qui puisse précipiter le battement du
pouls. Donnez-m'en votre parole d'honneur.

MAXIME

Je vous la donne, et sans peine, car je vendrais ma
vie pour lui épargner un pli au front.

LIVOURNET

Votre tante va vous la chercher. Moi, je vais à mes
malades. A tantôt.

MAXIME

Merci.

(Flore rentre.)

11

SCÈNE IV

XAVIER, MAXIME

MAXIME

Ne me dis rien, va. Je suis une brute. C'est le sang
plébéien qui m'a monté à la gorge... Mais j'espère
qu'elle me pardonnera.

XAVIER

Te pardonner ?

MAXIME

Je n'ai que ce que je mérite. Elle avait cru que j'aimais cette Olga. Les apparences étaient contre moi...
D'ailleurs, c'est vrai au fond. Olga m'avait un peu
troublé... Les honnêtes femmes ont raison de se défendre, œil pour œil et dent pour dent. Il y a un serment dans le mariage.

XAVIER, à part.

Il me fait mal !

MAXIME

Dieu ! qu'on souffre, mon pauvre Xavier ! J'en ai dé-
crit des tortures de mari amoureux, mais je ne savais
pas ce que c'était !... Oui, je t'entends. Tu me trouves
lâche. Mais la doctrine de l'inexorabilité est odieuse et
stupide. Quand j'aurais tué Gilberte, où en serais-je, si
elle était morte, puisque je l'aime ?

XAVIER

Alors tu crois vraiment ?...

MAXIME

Qu'elle s'est vengée ? Elle a bien fait.

XAVIER

Maxime, j'ai tué Brutus.

MAXIME

Qui, toi ?... Pourquoi ?

XAVIER

N'était-ce pas l'unique solution. De quelle justice res-
sortait ce misérable ? Devant qui pouvait-on le traduire
sans divulguer notre honte de famille, sans foudroyer
Gilberte ? Nous sommes d'une race de justiciers. Je me
suis souvenu de nos aïeux... Si j'ai eu tort, ils me le
diront, l'heure venue. Je suis prêt et tranquille.

MAXIME

... Ah !... Malheureux !...

XAVIER

Quoi ?

MAXIME

Qu'as-tu fait là, Xavier ? Ce n'était pas lui qu'il fallait
tuer. C'est un autre.

XAVIER

Qui donc ?

MAXIME

Oh ! si je le savais !... Mais patience !... L'homme qui
m'a pris le cœur de ma Gilberte peut se cacher au bout
du monde... je le trouverai... et ce jour-là !... Oui, je le
trouverai. Je le reconnaîtrais !

XAVIER

Tu me jures que tu crois ce que tu dis ?

MAXIME

Je te le jure.

XAVIER, à part.

Oh ! tante Flore, que vous êtes forte !... (Haut.) Voici Gilberte. Souviens-toi de ce que tu as juré à Livournet.

MAXIME

Ne crains rien.

(Gilberte entre.)

XAVIER, à Gilberte.

Maxime veut te voir, viens.

GILBERTE

Que vais-je lui répondre s'il m'interroge ?

XAVIER

Ce que Dieu t'inspirera, mon ange. Je vous laisse.

SCÈNE V

MAXIME, GILBERTE

MAXIME

Gilberte !

GILBERTE

Maxime !

MAXIME

Ma chérie, ne crains rien, je t'aime ! Tu ne peux t'imaginer à quel point j'ai horreur de ma brutalité. J'étais fou sans doute, archi-fou. Je t'ai fait du mal, mon trésor. Je t'ai broyé les doigts. Donne-les moi que je les baise un à un.

GILBERTE, troublée.

Mais, Maxime...

MAXIME

Non, ne parle pas, je t'en prie. Ne me réponds rien.
Viens. (Il la fait asseoir.) Reste là bien paisiblement. Pose
tes chers petits pieds sur ce coussin et laisse-moi te
contempler à mon contentement. Je n'ai besoin que de
te sentir vivre près de moi. Je suis heureux...

(Un silence.)

GILBERTE

Dis-moi quelque chose pourtant.

MAXIME

C'est à cette place même que je t'ai avoué pour la
première fois que je t'aimais. T'en souviens-tu, Gilberte? Ta tante jouait avec Livournet. Xavier s'était
mis au piano pour faire du bruit et couvrir ma voix. J'ai
cru mourir lorsque le consentement est tombé de tes
yeux pleins de larmes. Car tu m'aimais alors. Tu m'as
aimé, Gilberte, ne le nie pas. Mais ne réponds pas. J'ai
juré de ne t'adresser aucun reproche, de ne pas me
plaindre. Nous avons été heureux ensemble. Nous le
serons encore. Tout va recommencer si tu le veux.

GILBERTE

Mais certainement...

MAXIME

Que tu es bonne de me pardonner! J'ai perdu la raison un moment. On ne sait d'où ces éclipses vous viennent. Mais je te le jure, mon ange, je n'ai jamais aimé
cette fille, jamais.

GILBERTE

Je n'ai pas besoin que tu me le jures. Il suffit que tu
me le dises.

MAXIME

Eh bien, alors, pourquoi avoir douté si vite de moi !
Oh ! si vite... C'est ma faute, je le confesse. J'aurais dû
mieux te connaître, prévoir ce que tu devais endurer.
Tu ne m'en disais rien, de ta jalousie ? Peut-être aurais-
tu mieux fait de t'en ouvrir franchement avec moi. Je
t'aurais tout de suite rassurée, je t'aurais donné des
preuves...

GILBERTE, se dressant.

Maxime...

MAXIME, la rasseyant.

Parlons d'autre chose. M'aimes-tu encore ?

GILBERTE

Qui veux-tu que j'aime, si ce n'est toi ?

MAXIME

Mais n'aimes-tu que moi ?

GILBERTE

Sans doute, mon ami.

MAXIME, s'oubliant.

Et l'autre ?

GILBERTE, stupéfaite.

Quel autre ?

MAXIME

Oh ! Quel autre ?... Laissons cela. Je t'en conjure !
Je t'aime et je t'adore ! Qu'importe le passé, ce sera le
passé, ce qui s'efface, ce qu'on oublie ! Je ne veux pas
savoir son nom. Je ne te le demanderai jamais. Mais tu
es à moi, à moi seul... entends-tu, Gilberte ? à moi.
(Il s'empare d'elle et la presse violemment.)

GILBERTE

Mais tu me fais mal, Maxime.

MAXIME, la laissant aller.

C'est vrai, je ne me contiens pas. Te voilà tout op-
pressée ! Non, calme-toi. Rentre dans ta chambre. Va,
je demeurerai ici. Cela vaut mieux pour tous les deux.
Oh ! je souffre !... (Il tombe assis.)

GILBERTE, lui prenant la tête.

Tu souffres, mais moins que je n'ai souffert, méchant. Par quels combats terribles j'ai dû passer avant
de me décider à ce que j'ai fait. Mais tu ne m'aimais
plus. C'était trop visible, et tout le monde s'en aperce-
vait bien. Il semblait que ma présence, ma personne te
fissent horreur. Chaque jour te séparait de moi de plus
en plus. C'était effrayant. Sans ma tante, cependant,
je n'aurais jamais pu me résigner à te rendre malheureux.

MAXIME

C'est elle qui t'a conseillé cela. Elle n'est pas scru-
puleuse, ta tante Flore, avec les pauvres maris ; il les
lui faut aveugles, infaillibles et parfaits.

GILBERTE

Je te jure que je ne l'aurais point écoutée, si Xavier
lui-même ne l'avait approuvée. Xavier est un homme,
lui. C'est ce qui m'a décidée.

MAXIME

Quoi, Xavier aussi ?

GILBERTE

Oui. D'ailleurs, il avait le premier découvert l'erreur
du commissionnaire, ta carte pour cette actrice.

MAXIME

C'est lui qui te l'a montrée.

GILBERTE

Non. Mais qu'importe, je ne suis plus jalouse d'Olga.
Au fond, je ne l'ai jamais été, je crois. Je savais bien
que tu ne pouvais aimer que moi. Seulement, je ne
comprenais pas pourquoi tu me fuyais comme la lèpre.

MAXIME

Ma pauvre enfant ! ne le comprends jamais.

GILBERTE

Tu changes de visage. Mais qu'est-ce qu'il y a donc,
mon Dieu ! (Elle va à la porte et appelle.) Xavier.

MAXIME

N'appelle point Xavier. Restons seuls, je t'en prie. Je
te parlerai doucement, car je sais que tu es malade et
que tes étouffements sont revenus. Passons sur tout
cela. Vrai ou faux, je te pardonne. Si j'avais pu le tuer
seulement...

GILBERTE

Le tuer ? le tuer ! mais qui donc ?

MAXIME

Ne te bouleverse pas ainsi. Il y va de ta santé qui
m'est plus chère que tout au monde.

GILBERTE

Tu as voulu tuer quelqu'un à cause de moi, Maxime,
quand donc ?

MAXIME

Personne... Jamais... Je pensais à Turc !... Appelons
ta tante.

GILBERTE

Non, je ne veux plus maintenant.

MAXIME

Je t'en prie.

GILBERTE

Je ne comprends rien à tout ce que tu dis. Ma santé ne court pas plus de dangers que ma conscience...

MAXIME

J'en suis sûr.

GILBERTE

Et j'espère bien que tu n'as jamais cru à cette sotte invention d'amant.

MAXIME

Hélas !...

GILBERTE

Hélas !... (Elle va aux portes.) Venez tous, ma tante Flore de Frileuse, Xavier de Frileuse, mon frère ; je veux que cet homme me demande pardon à genoux. Je le veux, il m'a soupçonnée d'adultère !

MAXIME

Non, non, jamais ! J'en atteste ma douleur.

SCÈNE VI

Les Mêmes, FLORE, XAVIER, LIVOURNET

LIVOURNET, entrant.

Ah parbleu ! vous faites bien, vous ! de demander pardon à tout le monde ! La pauvre fille est morte !

FLORE

Qui ?

11.

LIVOURNET

Mais Catherine, parbleu !

TOUS

Catherine ?

GILBERTE

Ma femme de chambre ?

LIVOURNET

Brutus était son amant.

XAVIER

Son amant ?

LIVOURNET

Comme il fallait qu'il passât par votre chambre pour arriver à sa maitresse, ils endormaient Gilberte les jours où Maxime n'était pas là.

MAXIME

Oh ! mon Dieu !

LIVOURNET, à Maxime,

Lorsque vous êtes rentré inopinément, l'autre soir, Brutus a dû se sauver par la fenêtre de votre chambre, n'ayant pas d'autre issue.

GILBERTE

Et c'est lui que Maxime avait pris pour un ?...

MAXIME

Ah ! pardon !

FLORE

Et elle est morte ?

LIVOURNET

Oui... en criant grâce à ses parents...

XAVIER, bas, à Flore.

Moi, j'ai tué Brutus, ma tante.

FLORE, à Xavier.

Total : deux meurtres pour un mari ! Quelle jolie
bête que l'homme civilisé !

ENGUERRANDE

POÉME DRAMATIQUE

PRÉFACE

DE LA PREMIÈRE ÉDITION

PAR

THÉODORE DE BANVILLE

Voici un poème dramatique d'un éclat éblouissant, compliqué et mystérieux, dont le succès est assuré d'avance, parce qu'il répond non pas à un besoin, mais, ce qui est bien plus, à une aspiration ardente, à un désir effréné. Oui, empêtrés dans les niaiseries d'un théâtre incolore et d'une littérature vulgaire et mercantile, nous voulons, nous appelons à grands cris une œuvre où se trouve réuni tout ce dont nous avons soif, l'héroïsme, l'idéal, l'outrance (pour nous faire oublier tant de platitudes !) et cette étrangeté troublante, sans laquelle, comme le dit si bien Edgard Poë, la beauté rajeunie et transfigurée ne saurait nous plaire ; et cette modernité que réclame impérieusement le siècle de Balzac. Eh bien ! cette œuvre si douloureusement réclamée et souhaitée, la voici, étrange, originale, nouvelle, puissamment créée, jaillie comme l'éclair, écrite en vers larges, ingénieux, curieux, étincelants des ors, des pierreries et des inépuisables richesses de la Rime, et en même temps exprimant nos doutes, nos angoisses, notre inextinguible appétit de lumière et de joie, et l'hymne à la Beauté, qui vainement étouffée et comprimée, s'échappe irrésistiblement de nos âmes.

C'est pourquoi elle enchantera les délicats, les penseurs, les chercheurs, les femmes, dont l'instinct ne peut être perverti, et tous les artistes, les bons ouvriers, tous les êtres que ravit une idée ouvrant ses ailes, tous ceux à qui plaît un travail

fait de main d'ouvrier, enfin toute cette glorieuse élite, plus
nombreuse qu'on ne se l'imagine, qui, où qu'elle soit répan-
due et disperséе, emporte en elle l'âme divine et frémissante
de Paris. Oui, ce drame d'*Enguerrande* est celui que nous
voulions et que nous attendions, et si le poète l'a trouvé sans
tâtonnement et sans défaillance, c'est qu'il a osé se désaltérer
dans le flot vivifiant, et boire à la vraie source. On n'interroge pas le dieu; on ne peut avoir la ridicule prétention d'i-
miter Shakespeare ou de s'inspirer de lui; mais on a le droit
de l'adorer passionnément, comme firent Berlioz et Delacroix
qui ne périront pas, parce qu'ils ont adoré le Maître de la
force créatrice. Et précisément, ce qui fait la vitalité, la
vigueur et la séduction irrésistible d'*Enguerrande*, c'est qu'elle
a été conçue et écrite dans l'infini, dans le profond, dans l'absolu amour de Shakespeare.

Aussi est-elle à la fois héroïque et rigoureusement moderne.
Car il faut s'expliquer là-dessus une fois pour toutes.

Ce qu'on a appelé *modernité*, par un barbarisme inutile,
n'est rien autre chose que le lieu commun dédaigné, et
l'homme sincèrement étudié, sur le vif, sans concession, sans
atténuation, sans souci des antiques formules, comme Shakespeare nous ordonne impérieusement de le faire. Or celui-là
qui peint et montre dans sa réalité l'homme que nous cou-
doyons, a par cela même, peint en même temps celui du
XV° siècle et de tous les siècles, car l'homme ne varie pas,
reste semblable à lui-même; et c'est pourquoi les si amu-
sants Palermitains que nous montre Émile Bergerat, bourgeois,
espions, conspirateurs, bayant aux corneilles, parlant pour
ne rien dire et échangeant les lieux communs politiques, sont
très pareils aux personnages de Gavarni et d'Henri Monnier.
Ce sont bien des Parisiens du XIX° siècle, et ce n'est pas une
raison pour qu'ils ne soient pas en même temps des Palermitains du XV°. Car l'immortelle bêtise a eu en tout temps
ses Prud'hommes et ses Pécuchets, sous la toge ou sous l'ar-
mure, et son imbécile sourire, ébauché dans le paradis d'Asie
où les lions innocents broutaient l'herbe et les fleurs, ne se
terminera que dans la vallée de Josaphat, parmi les osse-
ments réveillés dans un sursaut par le cri stupéfiant de la
trompette.

Il est de tous les temps aussi, mais surtout du nôtre, ce
roi, pas assez artiste pour arracher des colosses à la blanche
nuit du marbre, mais en même temps trop artiste pour oser
être conducteur d'hommes, et pour mener des foules éper-

dues au rouge baiser de la Guerre. Trop las en naissant pour
les formidables luttes de la vie, il ne voit plus clairement
son droit de joncher le chemin de cadavres offerts aux corbeaux, d'orbites aveuglés, de ventres ouverts par où tombent
des entrailles sanglantes. Et puis, il ne croit qu'à moitié à
son compagnon naturel, à ce Bourreau, qui portait sous son
manteau écarlate une épée toujours souillée et toujours
essuyée. Plutôt que de rendre l'épouvantable justice, il serait
né pour se promener en causant avec ses amis, près des
portiques ou sous les lauriers-roses, ou pour tailler de blanches
figures selon le rite prescrit ; mais il n'est pas bon pour cela
non plus, parce que, hanté par les délicatesses raffinées, qué-
teur de sensations subtiles, proie des névroses, attiré par les
énervantes amours, il est trop découragé et trop las. Las de
quoi ? De tous les sauvages travaux accomplis par ses aïeux
rois, du long voyage de Xerxès, du sang versé par les Cam-
byses et par les Attilas, des siècles de guerre civile, de l'en-
nui des pâles Valois, de l'Italie toujours pantelante et déchirée.

Mais s'il est si bien le roi actuel et moderne, celui que
nous avons vu soupant au cabaret, aimant tristement les
filles, et vivant parmi des jeunes gens qui peut-être eussent
été artistes s'ils n'étaient désœuvrés, pourquoi le poète ne
nous le montre-t-il pas dans la tristesse épique du maigre
habit noir, vêtu comme les autres viveurs, qui sont morts
d'avoir cru vivre ? Ce personnage de Gavarni, pourquoi l'habiller avec le pourpoint d'Hamlet et de Roméo ? — Ah ! le
grand Henri Heine a, une fois pour toutes, répondu à cette
objection d'une façon décisive et définitive. Comme il l'explique très bien, le poète, qu'il le veuille ou non, ne peint
que ce qu'il voit, et les personnages qu'il nous montre sur la
scène sont nécessairement ses contemporains. Mais cette
palpitante vérité qu'il nous donne, qu'il est forcé de nous
donner, gagne au théâtre à se travestir, à se barioler, à réveiller nos yeux par le piment carnavalesque du costume : et
elle demeure d'autant plus vraie et éternelle qu'elle nous
occupe moins par la vulgaire exactitude de l'habit et se
montre vivante et sincère sous un vêtement de fantaisie.
Ainsi que l'observe avec justesse le poète de l'*Intermezzo*,
Racine n'aurait pas pu et n'aurait pas su peindre autre chose
que la Cour de Louis XIV ; cependant, qui en doute ? ses
La Vallière, ses Montespan et ses Henriette d'Angleterre
gagnent à être embellies par le ragoût piquant d'un traves-

tissement qui est emprunté à la Grèce héroïque des âges
fabuleux, ou qui naïvement croit l'être. Et d'ailleurs c'est le
seul moyen pour que, matériellement du moins, les personnages de théâtre puissent persister : car un costume idéal
peut sans cesse être modifié ou renouvelé à souhait par le
plaisir des yeux; tandis qu'après un demi-siècle écoulé, il
devient impossible (nous l'avons tous vu !) de costumer avec
l'exactitude historique un drame comme *Antony* par exemple,
ou une pièce de M. Scribe.

Bien qu'il ait évidemment connu Paul Dubois et Falguière,
et Daniel Vierge, et Bastien-Lepage, laissons donc au statuaire, au prince Gaëtan, son pourpoint rose, son blanc manteau jeté sur le bras gauche et son bonnet d'où s'échappe la
longue chevelure; et d'ailleurs n'en a-t-il pas besoin pour
pouvoir être convenablement appareillé à la reine Enguerrande ?

Car celle-là est véritablement l'héroïne, comme elle a toujours été vue à travers les âges, reine par la beauté, par la
bravoure, par l'orgueilleuse fierté; elle serait reine par la
séduction impérieuse si elle marchait pieds nus dans la boue
avec des loques de vachère, et elle l'est aussi parce qu'elle
est née d'une race victorieuse et divine.

Elle l'est par la grâce et par l'ineffable pureté virginale, et
par l'horreur de tout ce qui tache et ternit la blancheur sacrée.
Elle est une charmeresse comme Cléopâtre, elle est une
guerrière comme Sémiramis, elle est une amazone comme
Hippolyte et Antiope ; elle est une jeune fille ingénue, étonnée
pour le frisson d'une branche qui la touche, et riant de se
voir reflétée dans le ruisseau qui s'enfuit. Ah ! comme ils sont
loin l'un de l'autre, lui, ce paresseux artiste, dédaigneux du
trône, et elle, cette reine farouche, dont il a insolemment
refusé la main, offerte par le ministre Mélibée ! Des abîmes,
des idées, des haines, un appétit de liberté sans frein et un
orgueil justement blessé les séparent ; mais le tyran, le maître
de tous, le chasseur, le bourreau, l'échanson du vin délicieux,
Celui qui, après la mort de tous les Dieux, est un Dieu encore,
le cruel et bienfaisant Amour les rassemble par un coup de
théâtre foudroyant et inattendu. Par quelque trou de serrure,
par quelque fente d'une porte mal jointe dans la cabane où
elle change ses habits trempés par l'eau de mer, il montre à
Gaëtan Enguerrande rayonnante, demi-nue, splendide apparition céleste, caressée par la lumière amoureuse, et bientôt
après il les réunit, et frappés de la même blessure, brûlés du

même fou, ces deux êtres ennemis, en dépit des guerres, des haines, des destins follement capricieux, mêlent leurs âmes, jusqu'à l'heure rédemptrice et suprême où ils gisent tous les deux, pâles et leurs chevelures souillées de sang, sur le champ de bataille où ils sont morts pour la délivrance de leurs patries réconciliées.

Mais jusque-là, quelles douloureuses et adorables scènes d'amour, dans ces forêts où ils s'enfuient ensemble, au bord de ces flots grondants, et sous ces noires ombres, et à travers les frissonnants paysages où les suivent des malédictions qu'ils entendent sans vouloir les comprendre ! Ces scènes, coupées par les refrains insultants, par les hymnes désolés, par les plaintes des exilés, par les chansons de ceux qui s'en vont à la mort ; ces scènes ardentes, extasiées, lyriques et symétriques parfois, où le mot, avec sa force virtuelle et avec tous ses artifices, se mêle, se tresse et se retourne en cent façons, pour exprimer l'inexprimable ; où la magicienne Rime se fait couleur, musique, lumière, caresse, pour éveiller les plus amères, les plus profondes, les plus délicieuses sensations, je n'en sais pas dans aucun théâtre qui soient plus complètes et plus belles ; et toujours elles croissent en furie, en amour, en intensité, jusqu'à l'explosion cornélienne, où après avoir vu Gaëtan se laisser appeler lâche pour l'amour d'elle, Enguerrande l'adjure d'aller combattre contre elle-même et contre sa propre patrie.

La conclusion héroïque et logique, où, n'ayant pu signer en qualité de roi, la grâce des exilés, Gaëtan, mort, couché près de sa fiancée morte, la signe du sang de sa blessure, est un magnifique couronnement pour ce poème, qui est en même temps un drame.

Et comme tous les autres drames, celui-là se passe entre quelques personnages ; mais le peuple, la foule, la nature, tout ce qui souffre, s'émeut, s'irrite et espère à propos des doutes, des amours et des misères de ces rois, le poète n'a pas voulu nous le cacher. Il veut que nous entendions la mer gémir, les marins pleurer les absents, et les bourgeois échanger leurs niaiseries sur la place publique et les artistes parler de leurs rêves, et la fille du proscrit appeler éperdument l'exilé, enfermé là-bas par les flots horribles. Car lui, poète, il sent très bien que nous sommes las d'être enfermés dans ce cachot où personne ne pénètre, et qui est tantôt une vague salle de palais, tantôt un vague salon, meublé par un tapissier prolixe, et où nous sommes plus étroitement prisonniers

que jamais, un demi-siècle après l'heure de triomphe et de
joie où le grand Romantisme crut nous avoir mis en liberté
définitivement.

Emile Bergerat n'a pas voulu de cette captivité pour nous
et pour lui ; il a voulu que l'air, le ciel, la lumière, la nature,
la vie humaine, le flot de la mer et le flot humain, ne fussent
pas interdits à sa Comédie, et qu'elle eût le droit de se promener librement, au gré de l'action, à la fois très une et très
compliquée à travers les solitudes, les palais, les villes et
les paysages.

Certes ! Il serait très facile de le jouer, ce drame d'*Enguerrande*, en prenant au théâtre anglais ses changements de
décors shakespeariens d'une exécution qui peut être rame-
née à la plus initiale simplicité : mais je ne sais si les tapis-
siers français permettraient une telle profanation, par laquelle
serait démontrée l'inutilité de leurs capitons et de leurs exu-
bérantes passementeries. Ou bien encore le poète aurait pu
émonder sa forêt vierge, faucher les fleurs, tailler ses arbres
géants, et promener dans toute son exubérante nature le
ciseau cruel et précis d'un bon architecte de jardins. S'il se
fut résigné à ce sacrifice, il est évident que la Comédie-
Française se fut empressée d'accueillir un drame de premier
ordre fortement conçu, construit avec une rare habileté scé-
nique et revêtu des ornements les plus somptueux et les
plus riches de la poésie.

Ou si l'auteur d'*Enguerrande* l'eût préféré, il est certain
que Mᵐᵉ Sarah Bernhardt eût impérieusement réclamé un
rôle qui semble fait exprès pour sa beauté, pour son
talent, pour son âme de muse et d'héroïne. Mais Emile Bergerat n'a pas voulu appauvrir sa reine de Sicile et la priver
de ses robes couleur de soleil et couleur de lune ; ce n'est
pas moi qui l'en blâmerai.

La Poésie quand elle le veut, est son propre décorateur,
son propre costumier et sa propre tragédienne ; il ne lui faut
que du papier blanc, des caractères de plomb, et de l'encre
d'imprimerie pour créer un théâtre où apparaît l'éblouissante
vision de la vie.

Pour évoquer à nos yeux une scène lumineuse et luxuriante,
avec sa joie, son amour, son délire, ses comédiens illustres et
sa catastrophe à la fois tragique et sereine, ce poème, ce
drame d'*Enguerrande* n'aurait eu besoin que d'être imprimé
avec des têtes de clous, sur un papier à chandelles.

Les éditeurs, convaincus et artistes, ont préféré lui donner toutes les splendeurs du luxe typographique : *Enguerrande* est de force à ne pas fléchir sous cette royale parure. Du premier haillon venu, elle aurait su faire de la pourpre ; elle s'accommodera de la pourpre réelle qui lui aura été si généreusement donnée, pour l'amour de Shakespeare.

THÉODORE DE BANVILLE.

AU PUBLIC

LE PROLOGUE

Public, — ogre, — voici de la chair fraîche : mange !
Le drame auquel tu vas assister, — drame étrange,
Où le tonnerre cause avec le rossignol
Au fond d'un bois, — n'est pas traduit de l'espagnol,
Ni de l'anglais, ni même, en dépit de la mode,
Du belge ! — Son poëte a trouvé plus commode
D'en inventer le thème, étant très paresseux
De nature, et n'aimant à couver que ses œufs.

En outre, — et là tu vois mon rôle de Prologue
Paraître, comme au seuil de la porte un bon dogue, —
En outre, laboureur de son propre cerveau,
Ce poëte s'ingère à t'offrir du nouveau,
Et prétend à te faire avaler, — ogre austère, —
Comme un plat sans piment l'amour sans adultère.
Ce n'est pas tout. —
           Les gens qui vont, ou font semblant
D'aller escalader la cime du Mont-Blanc,
Sont timides auprès du fanfaron qui rêve
(Dôme du ciel, tiens bon !) de conclure une trêve
Avec la comédie en habit noir.....
                  O deuil !
Ce perroquet au bec a déjà le cerfeuil.

Certes il est hardi d'attenter à la Muse
Moderne, en désirant que le peuple s'amuse
Et qu'au lieu d'assister à des conflits de clercs
De notaire, il assiste à des combats de clairs
De lune ! Mais vouloir que le lustre illumine
Des hommes non vêtus en corbeaux ?.....

                                        Je fulmine !

Molière, s'il vivait — mais il est mort, Messieurs
Et Mesdames, — aurait du frac facétieux
Habillé jusqu'à son Pourceaugnac (oh ! que n'ai-je
Le temps de le prouver !) et du plastron de neige,
Et du petit col droit, gloire de l'amidon.
Beaumarchais, sans résille et tel un cupidon
D'ambassade, eût trouvé Figaro moins morose.
Rien n'est beau que le noir, rien n'est laid que le rose,
Et tous ces grands auteurs qui n'y connaissent rien
S'y sont mépris comme un simple..... shakespearien !

Or notre auteur s'en couvre !..... Excusez sa jeunesse.
Il faut que d'une erreur une autre erreur renaisse.
C'est pourquoi nous avons pour habilleur : Watteau,
Costumier d'un génie..... à couper au couteau,
Qui tient, selon la mode hélas ! avant-dernière,
Dans un Jardin d'Amour sa *Belle-Jardinière*,
Magasin rayonnant d'innombrables rayons
Où Monsieur Arc-en-ciel dessine aux cent rayons
De couleur, sur velours, sur brocart et sur soie,
Des ulsters pour azur et des complets pour joie.
— Prologue, as-tu fini ? — Mesdames, pas encor.
Notre drame — vraiment c'est triste ! — a pour décor
Un pays où jamais Malte-Brun ne fit halte,
Qu'à nul Naturaliste ou Chevalier de Malte
Le meilleur géographe en ses calculs savants
Ne pourrait indiquer sous la Rose des vents.

C'est un pays qu'au nord limite la Féerie,
Au sud, la Vérité. Nommons-le : CHIMÉRIE.
En Chimérie, on aime, on pleure, on chante, on rit ;
Le cœur est sur la main, au bout des doigts, l'esprit.
En Chimérie, et c'est d'où nous vient la pratique
De refermer les poings pour parler politique.
Mais quelle politique ! Ah ! vous en jugerez !
Les a-t-il mal compris ou bien mal digérés,
Notre auteur, si vraiment il lit les Livres Jaunes,
Pour l'inintelligence on remontre aux béjaunes.
Ses notions sur l'art du bon Machiavel
Sont celles de Grassot embêté par Ravel,
Et rien ne se peut voir de plus gros que la trame
Où cet homme a brodé l'action de son drame.
Mais laissons à vos sens, frais pour de tels effets,
La consternation d'en être stupéfaits !.....
Encore un mot pourtant.

                        Sourd à la règle, vague
Mais sévère, qui veut qu'un vrai poète élague
D'un travail qui n'est point, comme on dit « savcté »,
Toutes ces floraisons qui font brièveté
Dans la vie, et longueur au théâtre, — j'hésite
A vous en dénombrer la flore parasite :
Les trouvailles de style et de rimes en sont ; —
Notre auteur, enivré par les parfums qu'ils ont,
Les a laissés pousser, — il sied qu'il s'en repente, —
Comme une graminée au bois de sa charpente.
Il dit que les morceaux qu'on coupe — et je le dis —
S'ils ne sont pas sifflés ne sont pas applaudis,
Et pense que jamais on ne manqua le coche
Pour avoir, fut-on très pressé, dans sa sacoche
Mis des saphirs au lieu de cailloux de silex.
Au rideau maintenant. Ah ! *dura lex*, *sed lex* !

            Le Prologue salue et se retire.

                                                    12.

PERSONNAGES :

ENGUERRANDE, reine de Corse.
NOEMA, fille du peuple.
LYDIE, courtisane.
GAETAN DE SICILE.
ORLIZ, peintre.
ARIAS, poète.
DANIEL, statuaire.
RÉMI, musicien.
Le comte MÉLIBÉE.
LE BOURGMESTRE DE PALERME.
LE GRAND JUGE.
UN GÉNÉRAL.
UN PRÉLAT.
UN VIEUX PÊCHEUR.
UN BUCHERON.
DEUX SBIRES.
DEUX BOURGEOIS DE PALERME.
DES CONSCRITS.
UNE SENTINELLE.
UN DRAPIER.
Divers personnages d'une FOULE.

———————

La scène en Chimérie (de nos jours et des autres).

ENGUERRANDE

PROLOGUE

Le Palais Royal à Bastia.

SCÈNE PREMIÈRE

MÉLIBÉE, DEUX SBIRES, UN VALET
(MÉLIBÉE, est assis à sa table et travaille.)

UN VALET, à voix basse.

Les agents.

MÉLIBÉE se lève et va aux agents.

Cette fois, ce n'est pas difficile :
Soyez avant deux jours à Palerme, en Sicile.
Le roi Jean Trois s'y meurt. Or, l'héritier qu'il a
Est son neveu, celui que Jean Trois exila
Jadis avec sa mère, et dont il prit le trône.
Son nom est Gaëtan. Sachez d'un lazzarone
Où demeure ce prince. Il vit bizarrement
Et fait, je crois de la sculpture.

PREMIER SBIRE

C'est charmant.

MÉLIBÉE

Vous trouvez ?

PREMIER SBIRE

       Excellence, on est homme. Les Corses
Ont toujours eu du goût pour les faiseurs de torses.
J'aurais été sculpteur, si je n'étais..... agent.

DEUXIÈME SBIRE

On travaille pour l'art et non pas pour l'argent.

MÉLIBÉE

Le roi mort, faites-vous les têtes à verrues
De deux palermitains aisés, et, par les rues,
Hurlez, — en dussiez-vous revenir étrillés, —
« Vive Gaëtan douze ! » — Est-ce compris ?

  (Il les congédie.)

                                Brillez.

PREMIER SBIRE

Nous brillerons.

MÉLIBÉE

       J'y compte. Ah! soyez économes.

  (Ils sortent.)

SCÈNE II

MÉLIBÉE, seul.

Et d'une. — Maintenant, passons aux astronomes.
  (Il feuillette un annuaire.)

Les tempêtes du mois? Orage, le dix-sept ;
C'est demain. Cet orage entre dans mon concept.
L'heure? Midi. Le lieu? La Méditerranée.
Si tu n'es pas, pour qui te médite, erronée,

Science des climats, ceci prend un bon pli,
Et je mourrai content sur mon œuvre accompli.
Mon œuvre ! L'union des Iles ! Que Dieu daigne,
A la Sicile encor je coudrai la Sardaigne,
Et je ferai trembler ton Empire Latin,
Italie, et ton grand ministre florentin.
Deux obstacles : d'abord la République Sarde
Et puis ce Gaëtan singulier qui nasarde
Au trône de Sicile ! Un début de Néron !.....
On commence d'abord par trancher du héron
Devant la carpe, et puis l'on te revient, commère !
On parle cependant d'un serment à sa mère ;
Mais de pareils serments n'ont point d'immunité,
Car l'Italie est là qui fait son unité.
La Sicile sans roi dans le bourbier barbote,
Et le pauvre caillou réintègre la botte.
De même pour toi, Corse ! Aussi, je te le dis,
O ma patrie, îlot tombé du paradis,
Pour toi la royauté veut dire *autonomie*.
C'est pourquoi je m'occupe un peu d'astronomie.
Les Sardes là-dessus font un essai mesquin,
Mais ils me reviendront. L'état républicain
S'il garantit la paix n'assure point la force.
Leur rêve cessera. Retournons à la Corse.

            (Il rêve.)

Notre reine Enguerrande, esprit ardent, cœur fier,
Vivant portrait du roi son aïeul, a d'hier
Ses vingt ans révolus. Il est temps qu'elle règne.
Elle veut qu'on l'adore, il vaut mieux qu'on la craigne,
Et ses hauteurs de vierge indomptable ont du bon.
Mais tout Régent qu'on soit, on est un vieux barbon :
Souvent Machiavel est doublé d'un Cassandre,
Et c'est un fort tison qui brûle sous la cendre
De la virginité royale, dans un corps

                                    12.

Où l'harmonie antique a mis tous ses accords,
Et qu'au dam de Vénus aurait primé le Pâtre.
La Corse peut en elle avoir sa Cléopâtre
Ou sa Sémiramis : c'est affaire d'amant.
Tout un peuple dépend de ce tempérament.
Machiavel écrit et Cupidon rature.....
Et c'est pourquoi je songe à la température !
J'ai donc fait pour le mieux, et si j'ai réussi
C'est ce que nous allons savoir, — car la voici.

(Entre Enguerrande.)

SCENE III

MÉLIBÉE, ENGUERRANDE

ENGUERRANDE. Elle entre en lisant une lettre de Gaëtan de Sicile.

« Madame, je n'ai pas l'honneur de vous connaître.
« Ne voulant rien devoir au sort qui nous fit naître
« Cousins, — car votre père était frère du mien, —
« Et désireux de vivre en franc bohémien,
« Libre, tout à mon art, sans servitude aucune,
« Je constate que j'ai, cousine, une lacune
« Énorme dans le crâne, à l'endroit cahoté
« Où l'on voit bosseler parfois la royauté
« Chez d'autres. C'est pourquoi, vous tenant pour personne
« D'élite, fière ainsi que belle, je frissonne
« A l'idée inhumaine et vile de vous voir
« Subir un mariage absurde, par devoir
« D'État, avec un être à régner moins idoine
« Qu'à confondre la Thrace avec la Macédoine.
« Je suis sculpteur. Je vis de peu. J'aime le nu,
« Et je reste des jours entiers, homme ingénu,

« A regarder des plis onduler sur des hanches.
« Mes plaisirs les plus chers sont d'aller, les dimanches
« Faire la planche, en mer, avec quelques amis,
« Jeunes gens très bien faits, pas toujours très bien mis,
« Qui font l'amour souvent et parfois des poëmes.
« Mes amis sont charmants, mais ce sont des bohèmes.
« Puis ils boivent! Enfin Palermo les a vus
« Former sur le gazon des groupes imprévus
« Avec des déités chastement titubantes
« Qu'ils baptisent du nom païen de corybantes
« Pour les besoins menteurs de leur cause! Ainsi donc
« Entre vous, que revêt la pourpre de Sidon,
« Pour qui le Pacifique agglomère les nacres
« De ses perles, cousine, et ces pauvres Trinacres,
« Il n'est rien de commun. — Moi, prince déclassé,
« De hanter chez ces gueux, je ne suis point lassé,
« Et je dévide avec ces repris de justice
« L'étoupe des beaux jours que la Parque me tisse.
« — Voilà pourquoi je vous écris. — On m'a conté
« Que vous aimiez les arts, et, qu'au crayon Conté
« Vous aviez dessiné parfois, d'après la bosse,
« Des choses à ravir le vieil Abraham Bosse ;
« Je sais que vous touchez, comme on en touche au ciel,
« De l'instrument qu'Erard controverse à Pleyel ;
« Que vous êtes adroite à toute arme, écuyère
« Divine, et qu'à cheval, le soir, dans la bruyère,
« C'est une vision à fléchir les jarrets
« Lorsque au soleil couchant vous sortez des forêts !
« Je sais que vous avez vingt ans et que, rebelle
« A l'amour, vous voulez simplement rester belle,
« En attendant que passe en sa cuirasse d'or
« Le maître, le vainqueur, l'amant et l'Alcindor !
« Je ne suis pas celui dont l'orgueil vous chuchote
« A l'oreille le nom. Modeste Don Quichotte

« Des moulins d'Art, je vais combattant le combat
« De la Forme, docile aux lois du célibat
« De qui nous vient la force, Enguerrande, et fidèle
« Au multiple idéal dont tu n'es qu'un modèle !
« Pardonnez donc, cousine, à ce prince des fous
« Qui pour vous épouser eut trop d'amour pour vous.
« Gaëtan de Sicile. »

(A Mélibée.)
                                        A présent je vous somme
De relever l'affront que me fait ce jeune homme.
Nos ports sont pleins de nefs et nos coffres d'écus :
Que Palerme, réduite aux rigueurs d'un blocus,
Soit d'abord bombardée, et puis.....

MÉLIBÉE,
                                        Miséricorde !

ENGUERRANDE

Le feu pour la cité ; pour son prince la corde,
Et pour les habitants l'extermination.
Tel est mon dernier mot. Meure la nation
Dont le chef, ou celui qu'on désigne pour l'être,
De sa main d'impudent m'écrivit cette lettre !

MÉLIBÉE

Elle m'avait semblé d'un tour assez galant.
N'y rend-il pas hommage, et même avec talent,
A la beauté qu'en vous l'univers dit parfaite ?

ENGUERRANDE

Sans doute il est devin, somnambule ou prophète ?
Il ne m'a jamais vue !

MÉLIBÉE
                                        Il allègue d'ailleurs
D'un motif réputé bon entre les meilleurs :

Il veut rester garçon. Et voyez : il proclame
Que si femme devait et pouvait, par la flamme
De ses regards dompteurs, modifier la loi
Qu'il s'impose de vivre ainsi.....

ENGUERRANDE

                       Ce serait moi !

Ah ! certes ! La pilule est dorée en orfèvre.
Si je ne retenais ce que j'ai sur la lèvre
Je manquerais, Régent, au respect qu'on vous doit,
Tant votre aveuglement est à montrer au doigt !
      (Elle marche, nerveuse.)
Sans doute vous m'avez, par mode d'ambassade
Soumise à l'examen de ce prince maussade ?
Il sait si mon ovale au rythme antique ment ?
Vous lui fites tenir diplomatiquement
Par médiation de vos nonciatures
Celle qui rit le mieux de mes miniatures ?
A-t-il compté mes dents ? Non ? Oh ! vous m'étonnez !
Il ne connaîtrait pas la longueur de mon nez
Par rapport à l'oreille, et si j'ai l'œil plus jaune
A midi que le soir aux lampes ? Combien j'aune
De la gorge aux talons en suivant les contours !
Non ? Il sait mieux cela que ma dame d'atours,
Ce jeune misogame et ce célibataire,
S'il daigne proclamer que nulle sur la terre
N'est plus digne d'abord du mouchoir d'un sultan,
Et puis de s'appeler madame Gaëtan !

MÉLIBÉE

Nous ne vous avons point de la sorte exhibée.
Que Votre Majesté s'en fie à Mélibée.

ENGUERRANDE, montrant la lettre.

Pourtant il me refuse et vous l'avez souffert !

MÉLIBÉE

Il n'est point de refus pour qui n'a rien offert.
— Jadis, quand votre père et le roi de Sicile
Étaient jeunes, à l'âge où Dieu semble docile
Aux princes, ils étaient une paire d'amis,
Et tous les deux, j'en suis témoin, s'étaient promis,
Lorsqu'ils deviendraient rois et pères de famille,
D'unir, s'ils en avaient, leurs enfants, fils à fille,
Et de nouer ainsi d'un fraternel lien
Le peuple corse avec l'état sicilien.
Ils en firent serment. Hélas ! les voilà quittés
Désormais, puisque seule en vingt ans vous naquîtes.
Nous vous devions au fils et non pas au neveu.

ENGUERRANDE

J'écoute.

MÉLIBÉE

Laissez-moi vous faire cet aveu,
Ma chère enfant : — je puis vous nommer de la sorte,
A cause du profond amour que je vous porte
Et de mon dévouement à tous vos intérêts. —
Le bon roi de Palerme est mourant. — Je serais,
Touchant moi-même au bout de ma longue carrière,
Heureux de remonter à vingt ans en arrière
Par l'accomplissement de ce rêve de rois
Jeunes et généreux, que nous fîmes..... à trois !

ENGUERRANDE

Ainsi, si j'ai compris le prône, il en résulte,
Comte, que c'est à vous que je dois cette insulte ?
Pour un vieux diplomate et pour un vieil ami
Vous ne commettez pas les bourdes à demi !

MÉLIBÉE

En Corse, hier encore, c'était un axiome
Que l'on parle autrement au régent du royaume !
Recevez mes adieux.

ENGUERRANDE

                    Non, recevez les miens.
Je veux, dussé-je errer avec des bohémiens,
Voir de près, approcher et poignarder moi-même
L'orgueilleux qui dit : Non ! devant mon diadème.
Se croit-il donc d'un sang plus rouge que mon sang !
Eh bien, je le verrai moi-même, en le versant.
J'ai dédaigné cinq rois et dix sultans d'Asie.
Allant pour m'obtenir jusqu'à l'apostasie.
Un rajah indien, abjurant Mahomet,
Donnait au Christ un peuple et tout le Dahomet ;
J'ai refusé. Mais être à mon tour refusée !.....
Qui ?..... Moi, moi !..... Comte, adieu !.....
          (Elle sort.)
                    MÉLIBÉE

                            Pritt ! Voilà la fusée
Partie en gerbe ! Il va retomber des saphirs !
Maintenant, aquilons, succédez aux zéphirs ;
Cavernes des rochers, ouvrez-nous vos asiles,
Car j'ai réalisé mon « Union des îles ! »

————————

ACTE PREMIER

Une place de Palerme.

SCÈNE PREMIÈRE

UN DRAPIER

A gauche, le perron de la maison de Gaëtan, à droite, l'auvent d'un
drapier, rues à tous les plans, fond de ville et de port.

LE DRAPIER, sur le seuil.

Personne ! Par ces temps de crises politiques
Les chalands effarés évitent les boutiques
Comme si les marchands étaient des parias !
(Entrent Orliz et Arias.)
Voici le peintre Orliz et son frère Arias,
Le poëte. Eux, au moins, j'espère et je suppose
Qu'étant amis du prince, ils savent quelque chose.
(Il va à Orliz et à Arias.)

SCÈNE II

LE DRAPIER, ORLIZ, ARIAS

LE DRAPIER

Pas un chat ! vous voyez.

ORLIZ

Monsieur, lisez Bichat.
Si la rue est au chien, la maison est au chat.

LE DRAPIER, riant.

Vous êtes en gaité. Quelles nouvelles ?

ARIAS, funèbre.

Sombres !
Il venait de manger une caille aux concombres...

ORLIZ

Ainsi que vous et moi l'eussions fait, quand soudain,
Au moment d'attaquer un énorme boudin...
Blanc, je crois,...

ARIAS

Il porta la dextre à l'épigastre...

ORLIZ, lyrique.

Et sa digestion se fit dans un autre astre !

LE DRAPIER, levant les mains.

Le roi Jean Trois est mort ?

ARIAS

Non... Il est décédé
Seulement. Roi ne meurt.

ORLIZ

Et c'est l'abécédé
Du principe.
(Bas à l'oreille.)

Jouez cependant à la baisse.

13

ARIAS, *il prend le bras d'Orlis et va au perron.*

Je te gage un goujon contre une bouillabaisse
Que si le roi n'est pas mort, il aura vécu
A l'heure où, cette nuit, monsieur sera cocu.

ORLIZ, *revenant au drapier.*

Tablez expressément sur cette concordance.
(Il lui serre la main.)

ARIAS, *même jeu.*

Et que vos cornes soient des cornes d'abondance !
(Ils entrent chez Gaëtan.)

LE DRAPIER, *furieux, les apostrophant.*

Mauvais drôles ! Gibier de gibet ! Les coquins !
Artistes !... Ce n'est pas assez : Républicains !
Voilà les conseillers dont s'entoure le Prince !...
La jeunesse !... Rentrons : la mâchoire me grince.
(Il rentre.)

SCÈNE III

DEUX RENTIERS

PREMIER RENTIER

Ce que vous m'apprenez me tue : Il serait mort
Depuis ?...

DEUXIÈME RENTIER

...Huit jours !...

PREMIER RENTIER

Monsieur, c'est à perdre le nord !

Quoi! La Sicile, ainsi qu'une femme brehaigne,
Languirait dans l'horreur d'un pareil interrègne,
Sans s'en douter, ayant pour monarque un linceul!...
Mais alors, le timon de l'État va tout seul?
(D'une voix tremblante.)
Être sans Roi, Monsieur, c'est être en République!

DEUXIÈME RENTIER

Notre prospérité cependant est biblique.
Le commerce va bien, les emprunts sont couverts.
La Bourse...

PREMIER RENTIER

      Avez-vous bien compté tous vos couverts
D'argent?

DEUXIÈME RENTIER

    Je n'en ai point. Je me sers d'alfénide.

PREMIER RENTIER

C'est fort prudent au moins.

DEUXIÈME RENTIER

        Oui, mais cela s'oxyde.

PREMIER RENTIER

Et vous dites : huit jours?

DEUXIÈME RENTIER

        Soit vendredi dernier.
C'est le jour où la rente a monté d'un denier.
J'en ai beaucoup vendu.

PREMIER RENTIER

        J'étais sur le fourrage.
Il a si bien marché. C'est à perdre courage.
Sans Roy!!

DEUXIÈME RENTIER

Depuis huit jours.

PREMIER RENTIER

Je redouble d'effroi.
Mon journal dit, Monsieur : « Un royaume sans roi
Est semblable »…. attendez…. « au bipède acéphale
Qui marche au bord du puits, poussé par la rafale !… »

DEUXIÈME RENTIER

Le bipède, Monsieur, ne m'est pas bien présent ;
Mais le journal est bon !

PREMIER RENTIER

Je vous en fais présent.

(Ils sortent, en se repassant le journal.)

SCÈNE IV

GAETAN, LYDIE, DANIEL, RÉMI, puis ORLIZ
et ARIAS

L'atelier de Gaëtan.

GAETAN, à Daniel qui contemple sa statue.

C'est mauvais, hein, bourru ? Soulage donc ta bile !

DANIEL

Mauvais ! C'est étonnant tout simplement ! — Habile,
Non ! Mieux : sincère ! — Elle est d'un fou, cette Vénus,
D'un fou !…. mais elle sort des types convenus.
Sais-tu ce qui m'en plait ? elle manque de patte !
C'est sa naïveté canaille qui m'épate !

L'Institut s'en tordrait ! Eh bien, on met trente ans
A rattraper ce charme exquis du jeune temps.
Et l'on en meurt ! Quel rêve amoureux de la forme !
Ah ! tu l'aimes, la femme !

RÉMI

Oui, la justice informe.

LYDIE

Pardon, c'est mon portrait.

RÉMI

On le dit.

DANIEL

Mais, crois-moi,
Tu ne feras plus ça lorsque tu seras roi.

GAETAN

Je ne le serai pas, mon maître ; car j'estime
Qu'il n'est plus sot métier que de roi, légitime
Ou non, par coup d'État ou par grâce d'état.
Dans l'œuvre des Sept jours, la bête potentat
N'existe point ; elle fabuleuse et fossile.
Tel mon oncle, monarque absurde de Sicile !...
Chers amis, le bonheur est la seule vertu.
        (Entrent Orliz et Arias.)

LYDIE, lui versant à boire.

Lorsque tu seras roi, Gaëtan, boiras-tu ?

GAETAN

Je ne serai pas roi, Lydie.

ORLIZ, entrant.

Et si ton oncle,
Subitement, ce soir, — un roi meurt d'un furoncle ! —

Rendait à Dieu son âme avec son numéro
Chronologique ?

GAETAN

Eh bien ?....

ARIAS

De Gaëtan zéro
Te voilà bombardé Gaëtan douze ou treize ?

GAETAN, se lève, le verre en main.

Oyez tous. — Par ce vin d'or, aux reflets de braise
— Lydie, à tes cheveux phosphorescents pareil, —
Par les vignes qui l'ont pompé dans le soleil
Et par l'Etna qui l'a distillé dans sa forge,
Je jure que ceux-là mentiront par la gorge
Qui diront avoir vu Gaëtan couronné
Paître un peuple.

(Il se rassied.)

Tenez ce bruit pour erroné.

ARIAS

Serment de présomptif et de prince de Galles !

RÉMI

Redemande du vin, si c'est toi qui régales...

LYDIE

D'où te vient cette horreur du trône, à vingt-cinq ans ?

GAETAN

De ceci : que l'habit royal a des clinquants
Dont les scintillements au milieu des javelles
Font trembler les perdrix et fuir les bartavelles ;
Et que les Toisons d'or sont lourdes dans les foins,
Quand on s'embrasse, autant que les sceptres aux poings.

Lydie, elle me vient cette sage épouvante,
D'une sélection raisonnée et savante ;
Puis d'un tempérament que j'ai, très défini ;
Enfin d'un cours d'histoire « ad usum delphini »
Où l'on voit que les rois morts dans leurs lits sont rares.
Pour eux les arsenics et pour eux les curares,
Et ces petits couteaux à treize, doux cadeaux,
Par lesquels l'amitié s'entretient dans le dos
De peuple à prince ; car soit d'abord qu'on s'ennuie
Des Haroun-al-Raschid armés du parapluie,
Baromètre de paix, débonnaire attribut,
Soit que les conquérants soient jetés au rebut,
On détrône, on restaure, on chasse, on guillotine,
De la guerre étrangère on tombe à l'intestine ;
Le roi qu'on veut avoir gâte celui qu'on a ;
Auguste tend un siège et le prend à Cinna !...
Alors je m'en réfère à ces jours d'équilibre
Où l'homme, simplement, se réveillera libre,
Comme au commencement du monde ; et j'en conclus
Que la profession royale ne va plus.
Je me suis donc promis d'en exercer une autre.

ORLIZ

Laquelle, bachelier ?

GAETAN

Mais, bacheliers, la vôtre.

ARIAS

Artiste ? Fainéant ! — Il faudrait qu'on créât,
Afin d'utiliser ton baccalauréat,
Une profession spéciale et gentille.

ORLIZ

Il n'en a pas besoin. Enfiler une aiguille

Est un état, ainsi que de battre des œufs.
Je pense que dans l'art de dénouer les nœuds.
Un cordier de génie en sait moins qu'Alexandre.
Faire grincer l'ivoire au cœur du palissandre
Semblé au premier abord inutile ? Rémi,
Harmoniste effrayant, demeuré notre ami,
Des dix doigts de ses mains ne fait pas autre chose.
Tout est métier qui veut que l'homme se repose,
Un jour sur sept, du mal qu'il se donne à mourir.
Qu'est-ce que nous faisons, nous, pour en discourir ?
Le poète Arias exerce la métrique :
L'État impose-t-il ce métier excentrique ?
Statuaire, Daniel déforme le paros,
Et mêle le silence auguste des héros
A la scurrillité des bourgeois. Qui le paie ?
Lydie, être charmant dont le miroir s'égaie,
Cumule : elle est modèle et coiffe les moulins.
L'État patente-t-il ces métiers sibyllins ?
Moi-même, travailleur mal classé, qui s'honore
De battre du tambour sur la toile sonore,
Apprenez-moi quel est mon rôle social
Lorsque avec du réel je fais de l'idéal ?

RÉMI, l'oreille collée à un coquillage.

Le bruit que fait la mer est doux dans une conque !
Parle encore...

GAETAN

Il dit vrai. Tout métier est quelconque...
Hormis celui d'être homme et j'ai le mien.

ARIAS

Lequel ?

GAETAN

Le plus beau, le plus doux, le vrai, l'originel ;
J'aime ! —

LYDIE

Est-ce moi ?

GAETAN

— D'abord. Et puis toutes les femmes
En une.

LYDIE

Je « les » suis.

GAETAN

Ange, tu te diffames !
Tu n'en es que cent mille.

LYDIE

Ingrat !

ARIAS

Caligula,
En qui se réduisit et se congula
La doctrine dont tu sembles catéchumène,
Voulait décapiter d'un coup la race humaine.
Toi, tu veux dessécher l'amour et l'apaiser
Sur une seule bouche et par un seul baiser ;
Id est : te marier. Si c'est là ton commerce
Il n'est pas neuf : depuis Ménélas on l'exerce.

DANIEL

Se marier ?... Qui ?... Lui !... Mais je te le défends !
Et c'est de ta Vénus qu'il nous faut des enfants.

ORLIZ

Le malheureux ! Il boude au trône et se ménage
Pour être quoi ? Mari !... Soit, tyran de ménage.

RÉMI

Tout mon être s'emplit d'un mineur désolé,
Et je me fais l'effet d'un bémol isolé !

13.

LYDIE

J'entre au cloître, et j'invente, à la barbe des Carmes,
Un élixir amer composé de mes larmes.

GAETAN

Quand vous aurez fini de m'enterrer vivant ?
Je viens de refuser une reine, bravant
Deux peuples désireux de cet épithalame.
La femme que je cherche à travers toute femme
Est ou n'est pas. Si Dieu l'a faite, qui vous dit
Que je dois la rejoindre en ce monde maudit
Trop petit pour le rêve et trop grand pour la vie ?
Est-on dans le zénith, la montagne gravie ?
Chasseur, mon oiseau bleu ne raie pas l'azur
Et laisse mes limiers honteux ! Rien n'est moins sûr
Que la forme rêvée ; et pour nos Galathées
Ce sont les dieux souvent qui restent nos athées.
Où vit-elle, la femme à qui Dieu concéda
La bouche d'Erigone et le cou de Léda,
La jambe d'Atalante et la gorge d'Hélène ?
Et quelle floraison la vêt de son haleine ?...
Mais je n'ai nul espoir, n'ayez aucun souci.
Quatre biens sont réels sur terre et les voici :
Être jeune. Être fort. Être beau. Vivre libre.
Pour qui détient ces dons, la Seine vaut le Tibre,
Et le Tibre l'Euphrate, et l'Euphrate l'Indus ;
Les forêts et les monts au soleil épandus,
Le désert où tout meurt, la ville où tout abonde,
Lui font une patrie énorme et vagabonde,
Dont il est roi sans trône et citoyen sans lois.
Il est l'hôte adoré. De partout à la fois.
Il semble que la vieille humanité renaisse
A voir sa liberté, sa force et sa jeunesse ;

Et que tous les aïeux s'échappent du tombeau
Pour bénir cet enfant jeune, fort, libre et beau.
Tel est mon idéal.

ARIAS

Bravo ! Moi, je propose,
Tendis que Lydia va reprendre la pose,
D'entonner tous en chœur l'hymne à la Lune !... Il est
D'Orliz, qui n'en fait pas métier. Ce qui m'en plaît
C'est son absurdité. Mais il contient peut-être
Le mot du siècle... Allons, ton aubade, cher maître ?

(Il donne une guitare à Orliz.)

ORLIZ chante.

HYMNE A LA LUNE

Comme la lune en plein midi
Qui se montrerait un lundi
   À Pampelune,
Ma belle amie, une Falcon,
Vient d'apparaître à son balcon...
   Comme la lune.

Comme la lune ses regards
   — As-tu vu la lune, mon gars ?
     — Aucune, aucune !... —
De mon cœur flocon à flocon,
Désembobinent le cocon...
   Comme la lune.

Comme la lune, au fond d'un puits
S'endormirait toutes les nuits,
   Ou de deux l'une,
Sa duègne consulte un tricon
Et ferme son œil de faucon...
   Comme la lune.

Comme la lune ayant un trou
Ma bourse a sa fente par où
    Fuit ma fortune.
Hélas! débouchez ce flacon
D'absinthe ou bien d'amer-picon...
    Comme la lune.

Comme la lune dans son plein,
Son mari, Géronte au déclin
    Nous importune ;
Tordons le col à ce gascon,
Sinistre vieillard infécond...
    Comme la lune.

Comme la lune avec les dents
J'irai, bravant les accidents
    Prendre la brune.
Quant on est poète il faut qu'on
Fasse triompher l'Hélicon...
    Comme la lune.

Comme la lune, ami Pierrot,
Qui se reflète dans un broc
    J'ai ma lacune !
César passa le Rubicon ;
Lamartine était de Mâcon...
    Comme la lune !

ARIAS

Assez ! c'est trop joli !...

RÉMI

            Parmi vingt chants moraux
Cette aubade serait primée aux jeux Floraux.

GAETAN

Je la paie cent sous. Mais qui passe la porte ?

SCÈNE V

Les Mêmes, LE BOURGMESTRE, LES SÉNATEURS

LE BOURGMESTRE

Sire, votre oncle est mort.

GAETAN

Que le diable l'emporte !

(Rumeurs.)

Et vous avec ! Pardieu, Jean Trois ou Childebrand,
Qu'il soit mort ou point mort, qu'est-ce donc qui vous prend
De me traiter de Sire, à plusieurs, quand je sculpte ?

LE GÉNÉRAL

Prince, nous ignorions que ce fut insulte
De vous offrir un trône auquel vous avez droit.

GAETAN

Monsieur, il est toujours d'un ami maladroit
D'entrer chez un artiste alors qu'il a séance...
Ce procédé bourgeois blesse la bienséance
Et heurte ce bon ton dont Brummel et d'Orsay
Nous ont laissé le Code immuable et forcé.
Ce Code est le papier où je me légifère.....
Vous disposez d'un trône et ne savez qu'en faire ?
Débarrassez-vous-en par une tombola !

LE PODESTAT

Devons-nous au Conseil rapporter ce mot-là ?

GAETAN

Si vous voulez. D'ailleurs finissons-en. Je pense
Que j'ai suffisamment acquis une dispense

De régner, par les maux que tu nous a coûtés,
Trône maudit ! Tenez, Messeigneurs, écoutez. —
J'avais douze ans. J'étais à Paris, au Lycée.
Vous savez les débuts de la triste Odysée :
Mon père, assassiné sans qu'on ait su pourquoi
Ni par qui, simplement parce qu'il était roi.
Mon oncle Jean, prenant sous couleur de tutelle
La régence d'abord. Que ma mère n'eût-elle
L'idée à ce moment d'abdiquer en mon nom !.....
Elle serait au moins morte en paix. Hélas ! non.
Mais passons sur le fait de couronne usurpée ;
Mon oncle, ce jour-là, fit blanc de son épée.
Nous vivions donc heureux en France. J'adorais
Ma mère. Sur un mot de sa bouche, j'aurais
Mis très tranquillement le feu dans Notre-Dame
Ah ! comme elle m'aimait aussi, la pauvre femme !
Je suivais tous les cours de l'Université
Française, et peu sensible à notre adversité,
— Les enfants de bourgeois n'étant pas plus barbares
Que d'autres, et jouant, comme des rois, aux barres. —
Un soir, je me souviens qu'il neigeait — j'étais seul
Dans ma chambre. On voyait, comme dans un linceul,
— Nous demeurions alors sur la place du Havre, —
Paris tout blanc avec des lignes de cadavre.
Tout à coup j'entendis des cris. Des cavaliers
Passèrent au grand trot, et sur les escaliers
D'un monument public, je vis une cohue
Qui huait un jeune homme à cheval, comme on hue
Un assassin. Ma mère était auprès de moi.
Très pâle. Elle me dit : « Cet enfant, c'est un roi ! »
Et comme elle tremblait, par ce soir de décembre,
Je la reconduisis moi-même dans sa chambre
Et je la mis au lit en lui baisant les pieds,
Alors, de ses chers yeux par mes yeux épiés

Une larme!... Jamais je n'avais vu ma mère
Pleurer!... J'ai bu la larme à sa paupière amère...
Puis elle m'attira sur son sein : et sans bruit,
A voix basse, dans les cheveux, toute la nuit,
Elle me chuchota son roman de tristesse
Et l'Enfant et la Femme, et l'Infante et l'Altesse,
Et la Reine et la Mère avec leurs majestés !...
Oh ! gardez les troupeaux dans les champs détestés,
Pauvres filles de ferme et servantes d'étable,
Car vraiment cette histoire était épouvantable !
Puis quand elle eut fini : « Jure-moi, jure-moi, »
Fit-elle « Que jamais tu ne deviendras roi ;
« Car Dieu n'a pas créé des hommes et des femmes,
« O mon enfant chéri, pour ces métiers infâmes ! »
Et son sein maternel battait d'un tel tourment
Que le matin venu j'avais fait le serment...
C'est fini, vous pouvez vous retirer. — Lydie,
A la pose. Souffrez que je vous congédie,
Nous travaillons d'après des modèles tout nus.

(Ils sortent, excepté le Podestat.)

ARIAS

Et les voilà partis comme ils étaient venus.

LE PODESTAT, gravement.

Prince, préparez-vous au verdict populaire.

(Silence général.)

Le grand Juge, vêtu de pourpre consulaire,
Vous fera le récit des gestes glorieux
Accomplis par les Rois qui furent vos aïeux :
Les combats, les édits célèbres, les croisades,
Les monuments publics, les riches ambassades,
Toute l'histoire enfin, depuis dix fois cent ans,
De vos prédécesseurs les onze Gaëtans !

Et si vous dites : Non ! on vous lira la Charte !

(Rumeurs. Il s'adresse à tous.)

Puis, si la Charte lue, il dit : Non ! une carte
De la patrie, avec ses frontières, sera
Sous ses yeux étalée ! — Alors, dans l'Agora,
Le Peuple — c'est ainsi qu'en Sicile on procède, —
Criera : « Le roi Jean Trois est mort ! Qui lui succède ? »
Et si le prisonnier ne répond pas : « C'est moi ! » —
Qualifié de lâche et de larve de roi
Il sera tout vivant scellé sous une dalle
Funèbre, dans la crypte antique et féodale,
Pour y mourir auprès d'une cruche de grès
Sous un marbre sans nom, sans date et sans regrets.
Adieu.

(Le Podestat sort.)

GAETAN, renverse sa statue.

Meurs donc, statue, et demeure impétrie !
Que l'exil éternel me rende une patrie,
Et le droit d'être un homme ! En route, et que les bois
Recueillent l'homme libre une seconde fois !

(Ils sortent.)

SCÈNE VI

LES SBIRES, DIVERS PERSONNAGES
D'UNE FOULE

La place de Palerme.

PREMIER SBIRE, déguisé

Son refus d'épouser Enguerrande de Corse
Est une insulte.

DEUXIÈME SBIRE

Il faut qu'il l'épouse de force.

UNE FEMME DU PEUPLE

Mais s'il ne l'aime pas, ce jeune homme ?

UN TAPISSIER

Tant pis.

Moi, je ne suis pas prince, et je vends des tapis ;
J'ai pourtant épousé ma femme, une harpie,
Car elle avait du bien.

LE PASSANT

La plaie a sa charpie.

(Il sort.)

PREMIER SBIRE, sur une borne.

Le prince Gaëtan se doit au peuple. Il est
Notre propriété commune. S'il nous plaît
Qu'il succède à son oncle et soit roi de Sicile,
Il le sera ! Quel est ce monarque indocile
Qui nous désobéit ?

DEUXIÈME SBIRE

... Pourquoi n'est-il pas né
Fils de n'importe qui ?...

LE TAPISSIER

Que n'a-t-il un aîné ?

UN ARTISAN

Pourquoi n'est-il pas prince en pays démocrate ?

UN GAVROCHE

Il n'aurait pas besoin de se fouler la rate.

Tous les jours que Dieu fasse, il irait sur les quais
Jaser dans les bateaux avec les perroquets
Et savoir de leur nez quel temps il fait en Chine !

L'ARTISAN

Est-ce pour des cerneaux que le peuple s'échine ?

PREMIER SBIRE

L'exil n'est pas assez, j'opine à l'échafaud,
Car la reine Enguerrande est Celle qu'il nous faut.

LE TAPISSIER

Qui l'empêche d'ailleurs de prendre une maîtresse
Brune, blonde, châtaine ou même mulâtresse,
Et d'avoir des bâtards autant que deux ou trois
Papes en béniraient? C'est sacré chez les rois,
Et d'un bâtard on fait une branche cadette.

(L'orage commence.)

PREMIER SBIRE

Qu'il épouse d'abord et qu'il paie sa dette.

DEUXIÈME SBIRE

Vive Gaëtan Douze !

PREMIER SBIRE

Allons, le crions-nous ?...

(Hésitation générale. — On entend un coup de canon.)

UNE FEMME DU PEUPLE

C'est le canon. Le roi se meurt. Tous à genoux.

(Second coup de canon.)

PREMIER SBIRE

Que le roi Gaëtan périsse ou qu'il épouse !...

(Troisième coup.)

DEUXIÈME SBIRE

Le roi Jean Trois est mort. Vive Gaëtan douze !

(Grand tumulte. — Le peuple évacue la place. — L'orage grossit.
Les Sbires demeurent seuls en scène.)

PREMIER SBIRE

C'est fait. Il était temps, il tonne, il va pleuvoir ;
Et vois-tu, quand il pleut, impossible d'avoir
Une émeute décente. Ah ! le peuple, un gribouille !
Il brave ce qui brûle et tremble à ce qui mouille.

(Ils sortent.)

Le rideau baisse sur un orage.

ACTE DEUXIÈME

Le sommet d'une falaise au bord de la mer. — A gauche une cabane de pêcheur. — A droite l'entrée d'une forêt. — Un violent orage.

SCÈNE PREMIÈRE

UN VIEUX PÊCHEUR, assis dans sa cabane.

Le terrible ouragan, et quel ciel ténébreux !
Pour la seconde fois le Sauveur des Hébreux
Dans un buisson de feu va-t-il donc apparaître ?
Vent du diable ! On dirait qu'une botte de reître
Cogne à ma porte et veut la jeter hors des gonds.
Oui, tirez-nous, éclairs, vos langues de dragons !
C'est bien. Retroussez-moi vos cotillons, nuées !
Ça ne prend pas : je suis trop vieux, prostituées !
Nous n'irons plus en mer, les agrès sont coupés.
Certe ! ils ont les mollets d'un bon chanvre étoupés
Ceux qui, par ce temps doux, vont au bal chez Neptune !

UNE VOIX LOINTAINE

A l'aide !

LE PÊCHEUR, écoutant.

    ... A-t-on crié ? Si c'est toi, ma Fortune,
Je n'ai point de hangar pour ta roue...

LA VOIX

...Au secours!..

LE PÊCHEUR, sortant de sa cabane.

Eh ?... Je n'entends plus rien. Il n'est tel que les sourds
Pour rêver qu'on appelle. Une pauvre mouette
Se sera plainte à moi du vent qui la fouette.
Je n'y peux rien, ma mie, il faudrait t'approcher.
Qu'est-ce donc que je vois de blanc sur ce rocher ?
Est-ce ainsi que chez moi, Forme, tu te promènes,
Sans te nommer ?

LA VOIX

... Oh ! Ah !...

LE PÊCHEUR

... Ce sont des voix humaines...

Du courage. Je viens.
(Il sort en courant.)

SCÈNE II

ORLIZ, ARIAS. (Ils sortent de la forêt.)

ARIAS, débouchant.

Orliz, voici la mer.
Nous sommes égarés.

ORLIZ, se secouant.

C'est ce qu'on peut nommer
Un temps propice à faire enlever les gendarmes
D'une gendarmerie !...

ARIAS, criant entre ses mains.

« A vendre : cent vacarmes

D'une collection complète de boucans,
Depuis ceux du canon jusqu'à ceux des volcans ! »
— Je suis sourd pour la vie...

ORLIZ

Et moi je suis aveugle.
Cette forêt qui hurle à cette mer qui beugle,
Qu'est-ce, Arias, auprès du ton, faux de couleur,
De ces éclairs mal peints sur ce fond sans valeur?
Quand on pense, pourtant, qu'ils sont sur la cimaise !

ARIAS, apercevant la cabane.

Que vois-je ? Un casino !...

ORLIZ

Déjà ?

ARIAS

J'en suis bien aise,
Car j'ai fort soif. J'ai soif jusqu'à l'accablement,
Et si j'osais le dire : épouvantablement.
(Il va à la porte et heurte.)
Personne ! Cette plage a besoin de réclame.
Voici toujours du feu.
(Ils entrent et se chauffent)

ORLIZ, en se chauffant.

Quand il créa la flamme,
L'Éternel, devant qui je tombe agenouillé,
Songeait au clair-obscur !...

ARIAS, secouant ses hardes.

... Moins qu'au linge mouillé.
Où diable Gaëtan peut-il être ?

ORLIZ

Il chevauche.

Au lieu de prendre à droite il aura pris à gauche.

C'est ainsi qu'on explique avec facilité

Le rôle du destin dans la fatalité.

ARIAS

Tu m'obligerais fort de m'expliquer ce rôle

Dans ma présence ici.

ORLIZ

Magnifiquement drôle !

Palerme est divisée en deux partis : le tien,

C'est-à-dire le nôtre. Il opine au main'ien

De l'interrègne, et veut simplement qu'on s'allie —

Pour tenir en respect l'annexante Italie —

A la Sardaigne. L'autre, où l'on voit le Sénat

Et les autorités, voudrait qu'on assénat

A Gaëtan un coup tellement... royaliste

Qu'il en demeurerait couronné, sur sa liste

Civile !... La Discorde agite ses ferments.

Ce jeune hommme est de ceux qui tiennent leurs serments,

Que font ces cuirassiers du gilet de flanelle ?

Ils posent sous son mur... cherche !... une sentinelle

Comme on pose une mouche ; et, par cet homme armé,

Gaëtan est contraint de rester enfermé

Dans son « home » et d'attendre, en pétrissant la glaise,

Ce qu'on nomme un « meeting », mon cher, en langue anglaise.

ARIAS

Son atelier se change en bastille ?

ORLIZ

Tu vois.

Mais s'il est très mauvais écuyer de pavois,

Gaëtan, à cheval, a beaucoup du centaure...
C'était à l'heure exquise où l'homme se restaure,
Et tu dormais, étant à la sieste enclin.
Notre hôte nous fit un clin d'œil, et dans ce clin,
Tu fus le cavalier d'un cheval débonnaire
Avec lequel tu viens de franchir le tonnerre
Pour t'embarquer parmi ces éclairs rabougris.

ARIAS

Et nous allons ?

ORLIZ

En France, où tous les rois sont gris.

ARIAS

La génération qui s'y dit : la nouvelle
Y croira-t-elle, Orliz, à ce roi de Nivelle ?

ORLIZ

Elle n'y croira pas plus que nous n'y croyons ;
Mais tu tiens une plume et moi j'ai des crayons ;
Du diable après cela si l'histoire en appelle
D'un fait dont tu seras l'Homère et moi l'Apelle !...
Tâchons de retrouver notre héros.

ARIAS

Quel vent !...

(Ils rentrent dans la forêt.)

SCÈNE III

ENGUERRANDE, MÉLIBÉE, LE PÊCHEUR

LE PÊCHEUR

Hardi, mademoiselle, et du gaillard d'avant !

C'est bon. Soutenez-la de bâbord, camarade.
Deux vieux valent un jeune.

(Ils assoient Enguerrande.)

                              Eh ! nous mouillons en rade.

MÉLIBÉE

Comment vous sentez-vous, princesse ?

ENGUERRANDE

                              Mieux, merci.
Sous ces linges pleins d'eau j'ai tout le corps transi.
Du feu.

LE PÊCHEUR

        Quelque follet alimenta mon être,
Il flambe encore. Entrez. — La cabane est noirâtre,
Et moins bonne à loger des hôtes de haut rang
Qu'à chauffer le grillon et fumer le hareng.
Mais vous y serez mieux, fussiez-vous moins vêtue
Que notre roi Jean Trois ne l'est sous sa statue
Dans la chambre de marbre où sa Majesté dort ;
Car la cendre qu'il fait, il la fait, étant mort,
Lui-même ; et celle-ci du moins nous vient d'un hêtre.

ENGUERRANDE

Nous sommes en Sicile ?

LE PÊCHEUR

                        Autant qu'on peut y être.
Mais on y vient souvent par des bateaux moins laids
Que le vôtre, j'entends votre cage à poulets.

MÉLIBÉE

Reposez-vous, ma chère et vaillante Enguerrande
Je vais pourvoir à tout.

                                        14

ENGUERRANDE

                    Pêcheur, que Dieu te rende
Ton service au centuple.

(Elle s'enferme.)

                    LE PÊCHEUR, riant.

                    Il ne tardera pas !..,
Mais si vous m'en croyez vous mettrez habit bas
Et vous vous sècherez, sauf le respect, ma reine,
Comme si vous n'étiez qu'une simple sirène.

(Ils sortent.)

SCÈNE IV

GAETAN, NOEMA

(Ils viennent de la forêt couverts du même manteau.)

NOEMA, se dégageant.

Monsieur, ma peur se calme et la tempête aussi.
Je n'ai plus froid. Gardez votre manteau. Merci.

GAETAN, la retenant.

Reste. La pluie est rude à tes jeunes épaules,
Et le tonnerre encor tiraille sous les saules.
L'abri vaut bien celui de quelque auvent banal ?

NOEMA

Vous m'y parlez, ainsi qu'au confessionnal,
De trop près et trop bas. J'en reste toute coite.
D'ailleurs, je suis mal faite à la douceur de l'ouate.

GAETAN

Conserve le manteau, car je t'en fais présent.

NOEMA

Êtes-vous sitôt las d'un rôle bienfaisant
Qu'il vous faille changer un service en aumône ?

GAETAN

C'est mordant. Que d'esprit ! Es-tu fille d'un faune,
Dryade ?... Il sera donc le tapis de tes pieds.

(Il jette son manteau sous les pieds de Noëma.)

Tiens, vois ; et si mes torts te semblent expiés,
Dis-moi ton nom, ton âge et ta vie.

NOEMA

On me nomme
Noëma ; j'ai seize ans, et je suis fille d'homme,
Non de faune. C'est tout.

GAETAN

Et ce n'est pas très long.
Comment est-on si brune avec un nom si blond ?

NOEMA

Vous vous moquez. Un nom n'a de couleur que celle
Du souvenir heureux ou triste qu'il recèle.
Que celui de mon père est sombre !

GAETAN

Et la raison ?

NOEMA

Hélas ! il est là-bas, derrière l'horizon.
Exilé dans une île où nulle herbe ne pousse !...
Oh ! quand il m'embrassait que sa barbe était douce !...

GAETAN

Exilé ? Pour quel crime ?

NOEMA ·

Il n'aimait pas les rois.
— Car il faut qu'on les aime encore ! — Aussi Jean Trois
L'a fait prendre, et mes yeux en ont perdu la trace.
Depuis qu'il est parti personne ne m'embrasse.

GAETAN

Et ta mère ?

NOEMA

Elle est morte à cause de cela...
Connaissez-vous cette île où le roi l'exila ?

GAETAN

Oui. — Mais de quoi vis-tu ? car ta main est si blanche
Qu'elle semble attester d'un éternel dimanche ?
Quand je t'ai recueillie au fond de la forêt,
Effarée et tapie en ce trou de furet,
Que faisais-tu ?

(Elle rit.)

Tu ris ?

NOEMA

Si ce souci vous ronge,
J'emplissais un panier de morille et d'oronge
Pour le vendre au marché. C'est mon métier d'hiver.
Je vis de la forêt comme on vit de la mer.
Je suis riche, et serais heureuse, — n'était l'île.
Est-elle loin, Monsieur, cette île où l'on exile
Les pauvres gens ?

GAËTAN

Très loin.

NOEMA

Plus loin qu'un vol d'oiseau ?

(Gaëtan ne répond pas.)

Vous ne répondez pas ?... Que celui d'un vaisseau.
(Gaëtan garde le silence.)

Oui ? Que l'essor du vent ? Plus loin que la pensée ?...

GAETAN, lui prenant le bras.

Noëma, quand je t'ai lourdement offensée
Tout à l'heure, réponds, as-tu cru que j'avais
Prémédité cet acte imbécile et mauvais ?

NOEMA

Oh ! non. Vous êtes bon. Très bon. Bon de nature.
Je m'en vais vous tirer votre bonne aventure.
(Elle lui prend la main.)

Vous serez malheureux. Vous n'êtes pas assez...
... Comment dire ? Moderne !... et vous compatissez
Avec trop d'abandon aux misères des autres.
C'est de ce défaut-là que vous viendront les vôtres.
Dieu vous garde du trône !

GAETAN

Es-tu sorcière ?

NOEMA

Non !

GAETAN

L'homme que tu dépeins m'a donc volé mon nom ?
Continue.

NOEMA

Il faudrait qu'elle vous comprit, celle
Qui demoiselle altière ou simple demoiselle,
Piquera votre cœur sanglant dans ses cheveux !
Votre rêve est trop vaste : il est pour nos neveux.
Ne vous mariez pas.

14.

GAETAN

Pour savoir tant de choses
Sur ma personne, as-tu l'art des métamorphoses,
Petite fée, ou bien endors-tu mes valets ?

NOEMA

Je suis l'enfant qui vend des fleurs sous le palais.

GAETAN

Je ne t'avais jamais regardée, ou je meure !

NOEMA

Jamais.

GAETAN

Ainsi c'est toi-qui mets dans ma demeure
L'air embaumé, salubre et libre des forêts ?
Et tu m'as refusé mon...
(Il montre le manteau.)

NOEMA

Je préférerais
La grâce de mon père.

GAETAN

Achète-la toi-même.

NOEMA

Par quoi ?

GAETAN

Par un baiser.

NOEMA

Monseigneur, quand on aime
On les donne ; sinon les baisers sont des prêts.
La liberté d'abord et le baiser après.
(Elle se sauve.)

SCÈNE V

GAETAN, seul.

Non, demeure !... Envolée, et déjà sous la nue !
Qui sait si cette enfant fière, gaie, ingénue,
Qui chante son amour ainsi qu'un doux noël,
N'est pas l'Être idéal à la fois et réel
Que je cherche à tâtons dans l'ombre de mon âme ?
Non. Si. Peut-être. Hélas ! que le doute est infâme !
Point d'écho dans mon cœur à cet appel aimant.
Ah ! Pôle de l'amour, nulle aiguille d'aimant
Ne guide à ton mirage en cette mer sans rive !...
C'est toujours par hasard qu'à ton port l'on arrive.

(Il s'assied.)

Dans les steppes du ciel, par un sens inconnu,
Le ramier rentre au nid comme il en est venu.
La plante, tout au fond de l'étendue immense,
Sent s'ouvrir la corolle amie et l'ensemence.
Tout s'appareille au gré d'un ordre très distinct ;
Et seul, le couple humain, aveugle et sans instinct,
— Lugubre exception à la clarté d'un monde
Où jusque dans la mort la certitude abonde, —
Brûle à son bonheur, passe, et ne le connaît pas !...
— Je la laisse partir et ne puis faire un pas.
Un coude ami me pousse, un bon ange se fâche,
Et ma volonté molle expire... et je suis lâche !...

(Il se relève.)

Allons ! Comme dirait Orliz, « C'était écrit. »
C'est l'excuse du diable et des hommes d'esprit...
Mais où les miens sont-ils ? Sans doute à ma recherche.
Vouloir les retrouver, autant vaut d'une perche

Gauler la lune !... Et puis, ce bois en désarroi
Est plein de citoyens qui font la chasse au Roi.
D'ici, je puis du moins me sauver à la nage...

(Apercevant la cabane.)

Et même me cacher, si j'en crois l'homme sage
Qui bâtit ce terrier sur les plans d'un lapin.
Terrier ? J'exagérais. Ce n'est qu'un four à pain.
Flamboyant...

(Il regarde par la fenêtre et recule.)

        Qu'ai-je vu ?... Je rêve !... — Sois bénie,
Hutte posée au bord de la mer infinie.
Où, comme aux jours de foi, dans les feux de l'autel,
La Forme est apparue aux regards d'un mortel.
Ô temple, ô sanctuaire, ô saint des saints, l'oracle
Est promulgué ! J'adore. Arrête le miracle,
Mes yeux peuvent s'éteindre, ils ont vu la Beauté.
Je sais !... Je crois !... Amour !...

(Enguerrande sort de la cabane.)

SCÈNE VI

GAETAN, ORLIZ. ARIAS, venant de la forêt.

ARIAS

Cherchons de ce côté.
Tiens !... le voici. Mon cher, un, deux, trois, vent arrière !...
Je crois que nous avons tout Palerme au derrière,
Décampons.

GAETAN

Laisse-moi.

ORLIZ

Bigre ! mais c'est urgent.
Ton cas, jeune chasseur, est d'être diligent.
La couronne te pend au nez, comme une tourte
Au front d'un pâtissier. La route la plus courte
Est la droite. Filons.

ARIAS

Ton cheval t'a trahi.

GAETAN

Quand je dis : laissez-moi, je veux être obéi.

ORLIZ à Arias.

Sous sa peau de mouton le lion se réveille.

GAETAN

Amis, pardonnez-moi, je délire.

ARIAS

A merveille.
Seulement ton délire est grave, amèrement,
Car ils viennent à toi, comme à l'enterrement
De Malborough, portant, l'un, des clefs, l'autre, un sabre.
Le dernier officier, individu macabre,
D'écarlate vêtu, tend à savoir jusqu'où
Le diamètre exact du cercle de ton cou
S'allonge.

ORLIZ

Et d'autre part l'officier qu'il escorte,
Sur un coussin, brodé divinement, t'apporte
Les clefs d'un coffre-fort appelé Royauté.
S'ils te prennent, tu dois, en toute loyauté,
Choisir entre le sabre et les clefs.

ARIAS

Une barque,
Que nous avons trouvée au fond d'une baie, arque
Pour te sauver, son mât sous la brise...

GAETAN

Merci.

(Enguerrando apparait.)

C'est Elle. Allez-vous-en, je veux mourir ici.

(Il les chasse d'un geste. Ils sortent.)

SCÈNE VII

GAETAN, ENGUERRANDE

GAETAN, à Enguerrande qui veut passer.

Arrête. Ne crains rien. Femme, tu m'es sacrée...
Qui nous sommes tous deux, le dise qui nous crée !
Je viens de la forêt, et toi tu viens des flots.
Je t'aime, et je te vaux par l'amour. Point de mots
Banals. Point de pudeur feinte ou vraie. — Inconnue,
Telle que l'Aphrodite éternellement nue,
Mes yeux ont contemplé ton corps olympien.
Prends ce poignard, et frappe, et je dirai : C'est bien !

(Il tombe à genoux en lui tendant le poignard.)

ENGUERRANDE, saisit le poignard et se lève.

Infâme ! Meurs !...

(Elle jette le poignard.)

... Va-t'en.

GAETAN

... La terre est parcourue.

J'en ai touché la fin quand tu m'es apparue !...
Cherche un autre tourment, l'exil est enduré.

ENGUERRANDE

Je te ferai crever les yeux.

GAETAN

Je chanterai.

ENGUERRANDE

Je t'arracherai donc la langue de la gorge
Avec le fer rougi.

GAETAN

Va, fais chauffer la forge,
Je rêverai.

ENGUERRANDE

Tais-toi.
(Un silence.)

Quel est ton nom ?

GAETAN

Amour.

ENGUERRANDE

Et ton métier !

GAETAN

T'aimer.

ENGUERRANDE

Quel est ton âge ?

GAETAN

Un jour.

ENGUERRANDE

Insensé, tu mourras... Viens à mes pieds. Tu trembles ?

GAETAN

Non, je respire, ainsi qu'au soleil font les trembles ?

ENGUERRANDE, lui posant la main sur le front.

Plains ta mère d'avoir un fils au front si beau.

GAETAN

Il a donc le reflet de ton front pour flambeau.

ENGUERRANDE, lui caressant les cheveux.

Tes cheveux étaient doux.

GAETAN

Ton souffle les embaume.

ENGUERRANDE, lui prenant la main.

Ta main brûle pourtant...

GAETAN

Une âme, dans sa paume

Flamboie...

ENGUERRANDE

Et ta voix pleure ?

GAETAN

... Au charme de ta voix.

ENGUERRANDE

Puisque tu sais oser, parle. Pour une fois,
Je saurai si le mot peut être égal à l'acte.

GAETAN

Je te veux tout entière, inaliénable, intacte,
Comme un domaine clos, pour moi seul majoré
Par l'amour, et que, mort, seul encore j'aurai.

Et je te veux aussi comme sa proie un aigle,
Par faim de toi, selon l'imprescriptible règle
Qui fait l'homme amoureux comme on est carnassier.
Semblable à l'assassin qu'on vient de gracier
Et qui retourne au meurtre, éperdu, je te joue
Contre ma tête, en plein soleil, devant la roue,
Qui tourne à l'échafaud ! Et je te veux encor
Comme un spectre d'avare arde pour son trésor
Et jouit d'être seul avec lui dans la tombe !...
Ma colombe, sans cause, et parce que colombe,
Je te veux, car je suis simplement ton chasseur.
— Mais je te veux aussi comme un frère sa sœur,
Comme un chevreau sa mère, une enfant sa poupée,
Le papillon la rose, un soldat son épée,
Un moribond de l'eau, son salut un chrétien.
Attendu que mon être est nécessaire au tien
Et ta chair à ma chair !... C'est pourquoi je me vante
Que morte je t'aurai si je ne t'ai vivante.

ENGUERRANDE

Va, je ne te crains plus et déjà je te plains,
Jeune homme ! Le désir, dont tes regards sont pleins,
Allumé par le vent, jette trop d'étincelles.
Et le vent l'éteindra... Je ne suis pas de celles
Que démente l'ardeur du verbe, ayant traîné
Plus d'un poète et plus d'un homme couronné
A ma jupe... J'ai cru que tu m'avais troublée.
Un moment j'ai senti mon âme dédoublée
Aller à toi : j'ai pris de tes mains le poignard
Et je t'ai désiré mort...
            (Geste de Gaëtan.)

                              Non, il est trop tard !...
Quel amant est-il donc celui qui ne devine
Que l'âme est surhumaine où la forme est divine ?

15

Tu m'aimes ? — Ne m'as-tu pas vue ? Et penses-tu
Que l'amour à mes yeux t'ajoute une vertu ?...
J'avais mieux espéré de ton goùt statuaire.
Le fossoyeur aussi nous voit dans le suaire !

GAETAN

Raille... J'entends ta voix... Mais tu ne feras point
Que notre hymen fatal et secret soit disjoint.
La voilà, la voilà, la chambre nuptiale,
A la fois lit suprême et tombe initiale
Où j'ai bu d'un seul trait et pour l'éternité
Ta splendeur, ton orgueil et ta virginité !

ENGUERRANDE

C'est que ta passion s'est enivrée en rêve,
Car je dormais. L'hymen est un viol. Mais trêve
A ce jeu déloyal. Jeune homme, finissons,
Car je n'ai plus de temps à perdre à tes chansons.
Sache, qui que tu sois, de quel prix on m'achète.
Ecoute : folle ou non, je me suis mis en tête
De n'épouser qu'un homme ayant titre de roi...
Prends cette bague, règne, et rapporte-la-moi.

GAETAN

C'est déchoir, car je t'aime. Être roi ? Triste leurre !
Qui dit que je ne puis pas l'être avant une heure ?...
As-tu tant de mépris pour ton pauvre pouvoir ?...

ENGUERRANDE

Sois-le donc, car j'ai dit.

GAETAN

                    Tu ne peux pas savoir
Quel piège aventureux tu te tends à toi-même ;
Et ce n'est pas résoudre un aride problème

Que de te satisfaire et de tomber des cieux
Quand on vient d'être assis à la table des dieux.

ENGUERRANDE

Être roi ? Dans une heure ? A moins qu'on n'extravague !...
Lorsque tu le seras, rapporte-moi ma bague.

GAETAN

Garde donc ton anneau : je ne le serai pas.

ENGUERRANDE

Voilà que ton amour, Hercule, est déjà las,
Et que sur le gazon tu poses ta massue !...
Homme de mots, adieu ; ta leçon est mal sue.
(Elle remonte lentement.)

GAETAN

Oh ! ne me tente point. Un terrible serment
Me lie !... Oh ! sois clémente à mon égarement !
J'ai juré sur les pieds d'une morte...
(Enguerrande remonte encore.)
                                        Diffère...
Je n'ai qu'à dire un mot, je n'ai qu'un geste à faire...
Tu fais trembler ma mère au fond du paradis !...
(Enguerrande secoue la tête.)

Pour secouer la tête à ce que je dis
Es-tu reine ?

ENGUERRANDE

            Es-tu roi pour vouloir qu'on te rende
Compte des volontés d'une femme ?

GAETAN, reculant.

                                ... Enguerrande!!!

C'est vous.

ENGUERRANDE, redescendant vivement.

D'où le sais-tu ? Comment ? Qui te l'a dit ?
J'admire, en vérité, ton instinct de bandit.
Ah ! l'amour cette fois sonne ma destinée...
Je veux savoir à quoi vous m'avez devinée.

GAETAN

Si vous le demandez, vous ne comprendrez pas.
De même que le cercle atteste le compas,
Voici qu'à mon amour votre beauté se nomme.
Vous êtes Enguerrande. Il le fallait.

ENGUERRANDE

Jeune homme,

Une divinité t'escorte. Je faiblis.
Mais il faut que certains arrêts soient accomplis.
Toi qui fais des serments dont tu n'es point parjure,
Sache que j'ai subi, reine et femme, une injure
Dont l'auteur doit mourir, car je le veux ainsi !
Si dans trois jours cet homme est mort, reviens ici.
L'amour et la vengeance ont même autel en Corse.

GAETAN

Voici ma dague, prends, et grave sur l'écorce
De cet arbre le nom de l'homme désigné.

ENGUERRANDE écrit avec le poignard le nom de Gaëtan.

Lis.

GAETAN

J'ai lu. Maintenant signe en bas.

ENGUERRANDE, gravant son propre nom.

C'est signé.

GAÉTAN

En Sicile, l'amour et la mort ont les mêmes
Calices ! — Cet homme a vécu, si tu m'aimes !

(Il sort et passe devant Mélibée.)

SCÈNE VIII

ENGUERRANDE, MÉLIBÉE

MÉLIBÉE, regardant sortir Gaétan.

(A part.)

Parbleu ! si le Hasard est un nom de Satan,
Il collabore à mes projets... C'est Gaétan.

(Haut).

Princesse, on vous attend à Palerme. La ville
Vous envoie une escorte, et, de façon civile,
S'excuse de l'état où vous la surprenez.

ENGUERRANDE

Qu'y a-t-il ?

MÉLIBÉE

Dans les crocs d'un dilemme engrenés,
Les bonnes gens sont fort troublés ; car l'Italie
Par une note aussi nette qu'elle est polie,
Leur assigne le laps de quinze jours, je crois,
Pour sortir d'anarchie et remplacer Jean Trois.
Or le prince héritier renonce à la couronne.
La Sicile, malgré la mer qui l'environne,
Ne peut point résister à l'Empire Latin,
Ainsi que me l'écrit l'électeur palatin,

A moins de s'allier là République Sarde.
La jeunesse, il est vrai, veut que l'on s'y hasarde :
Mais les sages, les vieux, se flattent de revoir
Leur prince légitime accepter un pouvoir
Auquel est attaché le sort de l'Industrie,
Du commerce, et celui même de la patrie.

ENGUERRANDE

Gaëtan sera mort dans trois jours !...

MÉLIBÉE

Chi lo sa !...
Je connais votre injure et sais ce qu'il osa ;
Mais enfin...

ENGUERRANDE

... Il sera mort dans trois jours, vous-dis-je !

MÉLIBÉE

Votre ressentiment au moins tient du prodige !
Mais vous ne voudrez pas, vous, reine, vous venger
D'un jeune homme un peu fou sur un peuple en danger.
Je n'en veux pour garant que le regard plus tendre
Dans lequel votre haine a paru se détendre
Tout à l'heure, quand il a quitté vos genoux.

ENGUERRANDE

Que me dites-vous donc, et de qui parlons-nous ?

MÉLIBÉE

De Gaëtan !... C'est lui qui sort d'ici.

ENGUERRANDE, défaillant.

Je tombe !
Comte, mon vieil ami, votre bras.

MÉLIBÉE, à part.

Ma colombe.
Vous ne volerez plus, vous êtes dans mes rêts.

ENGUERRANDE

Non, ne me parlez pas... Venez... Je pleurerais.
(Gaëtan rentre avec le peuple.)

SCÈNE IX

ENGUERRANDE, MÉLIBÉE, GAETAN, ORLIZ, ARIAS,
LE BOURGMESTRE, LE GRAND JUGE,
PEUPLE ET SOLDATS

GAETAN, à cheval.

Certes ! c'est une loi d'un caractère hybride
Celle qui me contraint, Messieurs, de tourner bride
Pour vous suivre !

LE BOURGMESTRE

Seigneur, nous sommes députés
Par vos humbles sujets, notables réputés
De Palerme, Messine, et même Syracuse,
Auprès de vous.

GAETAN

Parlez.

LE BOURGMESTRE

Messire, on vous accuse
De vouloir renoncer à la succession
Légitime du roi votre oncle.

ORLIZ à Arias

Attention !

LE GRAND JUGE

Ce par où nous verrions que Votre Honneur s'applique
A fonder l'anarchie avec la république.

LE BOURGMESTRE

Donc, prosternés tous deux, Monsieur le Juge et moi,
Nous vous sollicitons de succéder au roi,
Roi vous même... ou d'avoir la bonté de nous suivre.

GAFTAN

Où me conduirez-vous ?

LE GRAND JUGE

Oh ! Sire ! — au son du cuivre
Et l'oriflamme en tête, au palais où sont mis
Ceux qui, chefs ou soldats, devant les ennemis
Ont déserté... pardon ! chacun selon son grade,
Les uns sur le sol nu, les autres sur l'estrade.
Or, par votre naissance et de ce simple chef,
Vous avez droit au rang de général en chef.

GAETAN

La Sicile est en paix.

LE GRAND JUGE

Certes ! Mais l'Italie
Dans un memorandum auquel je me rallie
Nous fait savoir : d'abord, la part qu'à notre deuil
Elle prend, non sans voir d'un assez mauvais œil
L'interrègne durer si longtemps à Palerme.
Elle ajoute que si, dans trois jours, dernier terme,

Nous n'avons point trouvé de roi sicilien,
Elle sera contrainte à serrer le lien
Qui nous unit, — ainsi que l'or blanc au platine, —
Par les mœurs et la langue, à la race latine ;
Et de nous englober « manu militari » !...
Vous êtes le dernier bourgeon d'un sang tari
Et la dernière fleur de notre indépendance !...
Sire, faites honneur à votre descendance.

GAETAN

Et si je ne veux pas !... Que m'arrivera-t-il ?

LE BOURGMESTRE

La dégradation d'abord, et puis l'exil.

GAETAN, montrant Enguerrande.

J'obéirai, sans plus, aux ordres de Madame.

MÉLIBÉE, à part.

Amour, n'embrouille pas les fils de cette trame.

ENGUERRANDE

Es-tu donc Gaëtan de Sicile ?

GAETAN

Oui.

ENGUERRANDE, aux échevins.

Je suis
Enguerrande de Corse ! — Au juge !

GAETAN

Je vous suis.

(Gaëtan suit les Palormitains.)

———

15.

ACTE TROISIÈME

SCÈNE PREMIÈRE

Un appartement, le soir, dans le palais. — Palerme.

ENGUERRANDE, seule.

(Une veilleuse brûle.)

Celui-là qui dira de quoi l'âme est pétrie,
Pourquoi l'on aime un chien, un homme, ou la patrie,
Déchirera le voile au fond du Lieu Sacré.
En proie à la douceur de ce charme exécré,
A m'environner d'ombre en vain je m'évertue,
Jamais, jamais assez je ne me sens vêtue !
Vivre dans un baiser qui flotte, quel tourment !
Et comme il est cruel !... Et comme il est charmant !...
Qui donc est en prison de nous deux, orgueilleuse ?
Il me cerne. Il m'étreint... Meurs, ô pâle veilleuse.

    (Elle éteint le flambeau.)

Et j'ai cru me venger ! De quoi ? De son amour ?
Il avait donc raison : le spectre, ni la cour
Ne font qu'on règne ; on est « le roi » lorsque l'on aime.
Il est le roi. Le mien !... Suis-je reine moi-même
Que tant je vis en lui ?... Souffle dans mes cheveux,
Souffle encore !... Va-t'en... — Non, reviens. Je te veux !

Ah ! comme il me possède !... Éloigne-toi, fantôme.
Rentre dans ton cachot. Va mourir. Nul atome
De toi ne doit rester sur terre et se mêler
A l'air que je respire et voudrais exhaler.

'(Entre Mélibée.)

SCÈNE II

ENGUERRANDE, MÉLIBÉE

Qui vient là ?

MÉLIBÉE

Moi, princesse,

ENGUERRANDE

Ah ! venez, Mélibée !...
J'ai très peur.

MÉLIBÉE

Cette chambre est de nuit imbibée !...
Vous êtes sans flambeaux, et c'est l'heure où tout dort,
Même les prisonniers ! Et par grâce du sort,
Eux surtout... Êtes-vous inquiète du vôtre ?
Une prison n'a pas de plume, où l'on se vautre,
Ni de divans douillets, comme les ateliers :
Mais, le soir, on entend les chants des bateliers
Sur la mer, car sa geôle au port est contiguë.

ENGUERRANDE

Quelle geôle ?

MÉLIBÉE

... J'entends la chambrette exiguë
Où le prince... Pardon, mais vous n'ignorez pas
Qu'il a voulu, chez lui, recourir au trépas ?
On l'a surpris à temps. Vraiment, je m'émerveille
Du soin avec lequel son peuple le surveille !

Il avait l'arme au front... On l'a donc désarmé,
Et pour plus de prudence encore, renfermé
Dans la prison d'État, où, crainte de bévue
Ce sont des citoyens qui le gardent à vue !

ENGUERRANDE

Vous dites qu'il voulait mourir.

MÉLIBÉE

Oui : ses valets,
Stupéfaits de le voir rentrer dans son palais
Dont il s'était enfui depuis une heure à peine,
L'ont entendu fermer à triple tour le pène
De sa porte, et jeter à bas une Vénus
Superbe, qu'il faisait. Au bruit, ils sont venus
Et... vous savez le reste. Est-il fou, maniaque,
Amoureux, pris d'humeur sombre et démoniaque ?.
Préfère-t-il la mort au trône ? Je ne sais,
Ni personne peut-être, hormis... vous pâlissez ?

ENGUERRANDE

Est-ce tout ?

MÉLIBÉE

Oui ; pourtant, je tiens de ma police...
Mais non, je crains encore que votre front pâlisse. —
Enfin, des jeunes gens, ses amis, — il en a
Qui pour le délivrer feraient sauter l'Etna, —
Voudraient vous dérober le fruit de votre haine !
Au signal convenu — c'est une cantilène, —
Les geôliers achetés ouvriraient son cachot ;
Et le prince, qui n'est ni bancal, ni manchot,
N'aurait plus qu'à passer devant la sentinelle...
Heureusement pour nous, Palerme a la prunelle
Ouverte, et s'il veut bien ne pas mourir de faim...
— On ne craint que cela !... — dans quelques jours enfin
Vous pourrez retourner à Bastia vengée !

ENGUERRANDE

Est-ce tout? Reste-t-il encore une gorgée
Au calice ? Avez-vous tout dit ? Est-ce fini ?

MÉLIBÉE

Je n'en sais pas plus long. Mais il est bien puni !
Votre haine...

ENGUERRANDE

                    Ma haine ?... Oui, ma haine ! Vous dites
Ma haine !... Il n'en est pas chez les âmes maudites
De plus forte, en enfer ! Si l'on aimait autant
Que je hais, je crois que le globe, en sautant,
De ses débris de feu brûlerait la nature.
Ma haine, c'est cela. Car rien ne la sature.
Menez-moi, Mélibée, à l'homme que je hais.
Je veux jouir de voir le damné que je fais,
Et même y raffiner par la joie imprévue
De l'effroi dont il va trembler rien qu'à ma vue.

MÉLIBÉE

Ces sentiments sont ceux que j'avais devinés :
Dignes de votre cœur. Je vous conduis. Venez.
          (Ils sortent.)

SCÈNE III

Une place à Pe'erme.

A gauche une tonnelle ; à droite, la poterne de la prison d'État,
gardée par un factionnaire.

      RÉMI, posant une fiole où il a bu. Il est un peu gris.

Il appert du cachet que cette cire accuse
Que le vin que voici serait du Syracuse ?
      (Avec indignation.)

Oh !

(Il boit.)

ARIAS, à Daniel, à mi-voix.

Combien sommes-nous ?

DANIEL, à mi-voix.

Vingt ici, cent dehors.

RÉMI

Ton vin de Syracuse est du vin de Cahors
Baptisé d'eau par un distillateur arabe !

ORLIZ

Le temps me parait long.

ARIAS

Il marche comme un crabe.

DANIEL

Pourvu qu'il se décide à sortir ! Il est fou
De sa Corse !...

RÉMI

Il parait que l'on fait à Corfou
Du Marsala très vieux et très bon qui vient d'Ypre,
En Flandre, et que l'on vend aux Anglais pour du Chypre.

ORLIZ

Cette viticulture est en progrès constants.

DANIEL

Noëma va venir, et dans quelques instants,
— A moins qu'il soit vraiment féru de suicide —
Notre ami sera libre.

RÉMI, posant son verre.

Hélas ! qu'il est acide,

O Suresnes, ce vin sur tes coteaux mûri !

(Il apostrophe la fiole.)

Toi, médaillé ? Menteur ! Ou bien par quel jury !

DANIEL

Le mot de ralliement ? Sardaigne et République.
Mais silence ! Je vois une figure oblique.

(A ORLIZ.)

Feins donc de dessiner quelque chose.

(Des exempts passent au fond.)

ORLIZ, tirant son album.

Compris.

(A Arias.)

Comment vois-tu ce mur ?

ARIAS

Je le vois d'un ton gris.

ORLIZ

C'est ton école ! Moi, je le vois d'un ton neutre,
Et de même couleur à peu près que ton feutre,
Mais plus dur et plus haut.

ARIAS

Pour en venir à bout,
Comment t'y prendrais-tu ?

ORLIZ

C'est simple comme tout.
J'en construirais d'abord la stricte anatomie,
Et puis je frotterais de laque et de momie,
Non pourtant sans cobalt, car le cobalt est froid
Et ce mur n'est pas chaud... Et même il n'est pas droit.

RÉMI

Mais pour t'en évader ?

ORLIZ

Je séduirais la fille
Du geôlier.

RÉMI

Si la fille était, plus qu'un gorille,
Laide ?

ORLIZ

J'aurais un clou comme Casanova,
Ou d'autres, car personne en ceci n'innova.

ARIAS

Le peintre était son frère.

ORLIZ

Oui ; sans talent notoire,

ARIAS

Cependant il vécut heureux, nous dit l'histoire.
D'où je conclus qu'avec ta laque et ton cobalt,
On est Casanova, mais non pas de Seingalt.

ORLIZ

Si Gaëtan pouvait t'entendre quand tu railles,
Il regretterait moins l'épaisseur des murailles !
Laisse-moi travailler. De ce croquis frustrés
Les abonnés rêveurs des journaux illustrés
N'imagineraient point comment une poterne
De prison se profile à sa façade externe.
Ah ! si ce militaire au moins voulait poser.
Il serait historique !
        (A Arias et à Rémi.)

Amis faites causer
Ce modèle ambulant.

(Arias et Rémi vont au factionnaire.)

ARIAS

Monsieur la sentinelle !...
Il fait un temps vraiment à quitter la flanelle,
Et nous avons quarante à ce vieux Réaumur !...

RÉMI

Vous marchez cependant à l'ombre de ce mur
A pas précipités, honneur de la Sicile !...
Et même vous avez au dos un ustensile
Qu'on surnomme arme à feu, parce qu'il en produit.

ARIAS

Puis-je savoir de vous, homme d'arme, où conduit
Cette porte quand on l'enfile ?.

LA SENTINELLE

Au large !

ARIAS, reculant.

Au large ?

Vous m'étonnez. Au large ?

LA SENTINELLE

Au large, où je décharge !

RÉMI

(Les exempts disparaissent.)
Ce métier endurcit le cœur.

DANIEL, se levant.

Ils sont partis.

Et voici Noëma.

RÉMI, à Orliz.

Ramasse tes outils.

SCÈNE IV

LES MÊMES, NOEMA

NOEMA

Bonjour, Messieurs !

ORLIZ

Bonjour, petite. Est-elle fraîche !
Regardez-moi ces yeux de bambin dans sa crèche,
Ce teint d'ambre, par l'or de nos soleils jauni,
Et ces seins blancs pareils à deux pigeons au nid !...

NOEMA

Monsieur Orliz, c'est mal !

ORLIZ

Bon, je ris. Point de brouille.
Vends-tu beaucoup de fleurs ?

NOEMA

Non, la forêt se rouille.
Je n'y vais plus. Je chante à présent des chansons
Sur des airs que je fais, ainsi que les garçons.
En Sicile, l'on aime encore la poésie.

ARIAS

Et tu rimes ?

NOEMA, gaiement.

Je rime.

ARIAS

Est-ce avec courtoisie,

Ou témérairement, comme il sied aujourd'hui?

NOEMA

Honnêtement, avec la consonne d'appui...
Voulez-vous voir?

TOUS

Voyons.

NOEMA

Triste ou gaie?

DANIEL

A ta guise.
Selon ce que ton cœur aime, pleure ou déguise.

NOEMA, chantant.

REFRAIN

A revenir des Groënlands
Qui vous fait lents
Comme vous l'êtes
A revenir des Groënlands
O goélettes
Et goélands?

DANIEL

C'est le signal! Messieurs, groupons-nous, s'il vous plait.

NOEMA, chante.

Qu'ils sont loin, les pays dolents
Où les pères vont sans fillettes!...
Le mien a-t-il des cheveux blancs
Comme vos plumes, goélands?...
O mer, tu bats et tu halètes,
Et tu t'en vas par vains élans
Vers le proscrit aux bras tremblants
Comme vos voiles, goélettes!

DANIEL

Il ne sort pas... Allons, le deuxième couplet.

NOEMA

Comme aux pieds des saints, les galants
Vont accrocher des amulettes,
J'ai suspendu mes pleurs brûlants
Au cou soyeux des goélands.
Comme aux flèches des arbalètes
On cisèle des cœurs parlants
J'ai sculpté des baisers volants
A la poupe des goélettes.

ORLIZ

Personne ! Il n'a pourtant qu'à franchir cette porte.

DANIEL

Il ne nous aime plus, et sa corse l'emporte.

NOEMA

Vents qui poussez de vos houlettes
Des vagues les troupeaux bêlants,
Sur les falaises violettes
Ramenez-nous nos goélettes,
Et toi qui portes dans tes flancs
Tout l'encens de nos cassolettes,
Nuage rose qui volètes
Ramène-moi mes goélands !

DANIEL

Tout est fini ! Sicile, un grand artiste est mort !...
(Il sort avec une partie des personnages.)

ARIAS

Voilà ce qu'on devient lorsque l'amour vous mord.

ORLIZ, ému par la chanson.

Sacrebleu ! M'en voilà pour toute la soirée.

ARIAS

Et moi pour tout un mois. J'ai l'âme déchirée.
C'est absurde !... Mignonne, accepte ce doublon.
Nous devions l'égorger au culte du houblon
Tout à l'heure, il sera mieux dans ta tirelire.

NOEMA

Tra deri dera.

ORLIZ

Prends donc !

NOEMA

Tire lire lire !

ARIAS

Mais nous sommes, Orliz et moi, pauvres aussi.

NOEMA

Entre artistes, Messieurs, l'art est pour rien. Merci.

ORLIZ, regardant la sentinelle qui pleure.

Regarde ce soldat éponger ses prunelles !
Poète, toi ? Fais-tu pleurer des sentinelles ?
(Ils sortent.)

NOEMA

A revenir des Groënlands
Qui vous fait lents
Comme vous l'êtes ?...

SCÈNE V

GAETAN, puis ENGUERRANDE

Dans la prison.

(On entend la voix de Noëma derrière le mur.)

A revenir des Groënlands
O goélettes
O goélands !

(Entre Enguerrande.)

GAETAN, à la lucarne de la prison.

Je t'entends, je t'entends, Noëma. Cœur fidèle !...
Je ne sortirai pas. Semblable à l'hirondelle
Tu te heurtes au mur de ma prison avec
Ton pauvre petit brin de chanson dans le bec.
Ne chante que pour toi, car ta bonté dévie !...
Adieu, mes chers amis. Sur le seuil de la vie,
Heureux et satisfait, j'entends le bruit profond
De l'espace, et celui que les âmes y font
Qui volent deux à deux, et, sous le même voile,
Montent, dans un baiser éternel, vers l'étoile !

ENGUERRANDE

Gaëtan !

GAETAN, se retournant brusquement.

        C'est toi, toi, toi ! Je me meurs ! C'est toi !
Quel noir magicien te tenait sous sa loi ?
A quel roc du néant t'avait-t-il enchaînée
Que tu ne venais pas subir ta destinée ?
Ton souffle était ici, comment respirais-tu ?

ENGUERRANDE

Certes ! c'est un pouvoir d'une étrange vertu
Que celui qui me tient au poignet et me broie !
Ah ! braconnier, sois fier, tu peux montrer ta proie !
Si c'est cela l'amour, c'est l'œuvre des démons
Et non celui des dieux. Alors nous nous aimons ?
Je t'aime aussi. Je t'aime horriblement. Je t'aime,
Et je subis ta force ainsi qu'un anathème,
Pis encore, comme une amère trahison !
Car cela n'est pas vrai, car tu n'as pas raison,
Et l'on n'est pas d'un homme ou d'un dieu terrassée
Parce que dans un rêve il vous tiens embrassée.

Cesse de me hanter et je m'évade. Eteins
Ton regard et j'échappe, heureuse, à mes destins.
Anéantis ta voix, qui me parle à l'oreille
Jour et nuit, je suis libre, et je m'enfuis, pareille
A la perdrix qui sort du cercle de l'autour.
Ne sois pas toujours là ; ne flotte pas autour
De mon corps frémissant que ta présence attire ;
De ton absence même arrête le martyre,
. Ne sois pas... Tiens, va-t'en, voleur d'amour, va-t'en !...
Je ne veux pas t'aimer. Obéis, Gaëtan,
Oh ! pars ! Mais vis surtout !...

GAETAN

                Dans quel monde, Enguerrande ?
Quelle terre veux-tu qui remplace et me rende
Ce cachot enchanté dont les murs agrandis
S'élargissent autour de nous en paradis ?
En étendant les bras je touche les deux pôles.
Si ta tête levée atteint à mes épaules,
Mon front passe la ligne où l'univers finit !...
Fuir ?... Où ?... J'ai ta beauté profonde pour zénith,
Pour forêt tes cheveux et pour désert ta bouche ;
Ta main borne ma route à tout ce qu'elle touche ;
Dans la mer de tes yeux je vois tomber les jours ;
Tout ce qu'on croit sans fin s'arrête à tes contours
Et mon amour atteint tout ce qu'on dit immense.
Donne-moi l'univers !

ENGUERRANDE

            Hélas ! tyran, commence.
Rends-moi ta vie. Elle est mon bien. Je le reprends,
J'efface ton serment.

GAETAN

        Lequel ? — Ils sont trop grands

Les abimes qui nous séparent!... Et ma mère
Avait mal mesuré le vol de sa chimère!...

ENGUERRANDE

Je t'ordonne de vivre et d'aimer. La prison
Est ouverte : sors, va, sois libre.

GAETAN

                    ... O trahison !
Libre ! Libre sans toi. Que t'ai-je fait? Sans doute
C'est une épreuve, dis ? Ce que ton cœur redoute :
C'est mon consentement. Libre, sans toi, c'est fou!
C'est dire à l'agneau : broute ! en le saignant au cou;
C'est dire au cygne : vole ! en lui coupant les ailes !
Enguerrande, réponds : les chaines tombent-elles
Lorsque dans la chair même elles ont pénétré
Et si dans notre sang tout leur fer est entré ?...
Ma liberté, c'est toi. Je sais quelle est ta race,
Ton rang, ton nom, tes droits, le devoir que te trace
L'espoir d'un peuple à tes pieds sacrés prosterné..
Ce tourment de régner, pour lequel on est né,
A son goût de péril pour l'âme haute et grande ;
Princesse, tu n'es pas rien que mon Enguerrande.
Laisse-moi donc mourir. J'ai vécu. J'ai régné.
De ton baiser divin tout mon être imprégné,
S'exhale, se dilate, et je m'identifie
Aux vainqueurs de néant que la mort déifie !

ENGUERRANDE

Mais qui donc, Gaëtan, lorsque je te dis : Vas,
Oserait supposer que je ne te suis pas?

GAETAN

Ah ! je t'aime !...

SCÈNE VI

LES MÊMES, MÉLIBÉE

MÉLIBÉE, entrant.

Madame, il faut gagner la Corse ;
Et malgré le proverbe : « Entre l'arbre et l'écorce... »
L'émeute à Bastia s'est levée, et parmi
Les rescrits stipulés par ses chefs, on me mande
Que le premier de tous ceux qu'elle demande
Est l'abdication de la reine.

ENGUERRANDE

C'est fait,

J'abdique.

MÉLIBÉE, suffoqué.

... Est-il possible !... Ah ! songez à l'effet
Terrible que fera cet acte de folie, —
Je prends le mot sur moi, Madame, en Italie !
Nous sommes englobés du coup. Demain matin,
La Corse est annexée à l'Empire Latin.

ENGUERRANDE

Qu'on englobe, régent, il ne m'importe guère !

MÉLIBÉE

Enguerrande n'est plus, elle a peur de la guerre.

ENGUERRANDE

Elle a peur de l'amour, n'ayant peur que de Dieu !
(A Gaëtan, passionnément.)

Je puis être ta femme. — A présent, Comte, adieu...
(Ils sortent enlacés.)

16

SCÈNE VII

MÉLIBÉE seul, puis LES SBIRES

MÉLIBÉE

Ah ! voilà de tes tours, indéchiffrable sexe !
Que lui fait qu'on englobe et même qu'on annexe,
Elle aime ! Arrangez-vous et marchez à tâtons.
Heureusement qu'on a des retours de bâtons.
Mets la main, Mélibée, à ton sac à malice.
Comment les séparer ? Déchainons ma police.

(Il appelle les Sbires au fond.)

Si je... C'est dangereux, mais radical !... Venez.
Vous vous déguiserez en marins avinés
De Bastia, montant le vaisseau *Marc-Aurèle*,
Qui baigne dans le port. Vous y prendrez querelle
Avec des officiers du *Virgile*, steamer
Palermitain, qui va bientôt entrer en mer,
Vous les outragerez, disant : « Sujets sans prince !...
Et grenouilles sans roi ! » Mais gardez qu'on vous pince,
Car grimpant aux huniers, vous jetterez à bas
Le drapeau du *Virgile* et dans le branle-bas
Vous ferez de façon que l'on hurle : Vengeance!
Décampez. Je m'en fie à votre intelligence.

PREMIER SBIRE

C'est très dur.

MÉLIBÉE

Je le sais. Si vous êtes gentils,
Je me charge de vos veuves.

DEUXIÈME SBIRE

Et des petits ?

MÉLIBÉE

Et des petits !... O Corse, il t'en faut de la graine. —
Gaëtan sera roi, car Elle sera reine.

———————

ACTE QUATRIÈME

———

L'atelier d'Orliz.

SCÈNE PREMIÈRE

ORLIZ, ARIAS, LYDIE, RÉMI, LES SBIRES

LYDIE

Que n'êtes-vous restés ! C'est comme fait exprès,
Et vous l'avez manqué d'un quart d'heure à peu près.

ORLIZ

Tu l'as vu ?... Gaëtan ?... Hors de la citadelle ?

ARIAS

Avec Elle, sa Corse ?

LYDIE

           Il marchait auprès d'Elle.
Ils semblaient si légers qu'un ange, à côté d'eux,
Eût rampé ; si serrés qu'ils n'étaient qu'un en deux,
Et si beaux, que j'en ai pleuré, vous allez rire.

RÉMI

O femme, en moins de temps qu'il n'en faut pour l'écrire
On te voit de furie en ange t'azurer !

ARIAS, regardant l'album d'Orliz.

En quel jardin d'amour vas-tu transfigurer
Ce mur de forteresse et son factionnaire ?
Car ce factionnaire est réactionnaire,
Et ce mur est un mur à la Corse vendu,
Où le factionnaire, un jour sera pendu.

ORLIZ à Lydie.

Lydie, écoute-moi. Désires-tu me rendre
Un service ? Étant femme, et par conséquent tendre, —
Mais femme en qualité de modèle, — tu dois
Savoir sur les dix bouts de tes dix petits doigts
A quelle dose il faut mesurer la quinine
Lorsqu'un accès vous prend de raison féminine ?

LYDIE

Elle aime !

RÉMI

             Elle aime ! Elle aime !... Arias, tu l'entends !
Travaille, de ton art, et débrouille...

ARIAS

                                        J'y tends.

Et lui, le Gaëtan ?

LYDIE

Il aime !

ARIAS

                     Qui ?... Sa Corse ?
Mânes de Bouchardy, cette intrigue se corse.

(Se parlant à lui-même, comme s'il composait un scénario de drame.)

Étant donné qu'il l'aime et qu'elle l'aime aussi,
S'il la refuse, il est comme roi, réussi,

                                        16.

Mais fort peu comme amant. D'autre part, j'imagine
Qu'Imogine — veut-on l'appeler Imogine ? —
S'embrase pour Loys — je crois que je suis clair
En le nommant Loys — de cet amour-éclair,
Qui fait qu'un bon auteur, dans une salle hostile,
Gagne sur une entrée au moins cent mots de style,
Comment veux-tu qu'elle aille extirper au cachot
Celui qu'elle y fourrait au sortir d'un bachot,
Surtout s'il s'y refuse ainsi qu'à l'origine ?
Quelle drôle de Loys elle a, cette Imogine !...
Car enfin songez-y. S'il meurt, il n'est pas roi,
Et réciproquement. Fin du quatre : au beffroi
L'heure sonne ; elle sonne et le peuple s'assemble.
Va-t-il régner tout seul ? Vont-ils mourir ensemble ?
Car le peuple est payé par l'infâme barbon...
Tu vois que la charpente, art de Scribe, a du bon.
C'est pourquoi je te dis qu'il est toujours folâtre,
Dans la réalité d'imiter le théâtre,
Et que mon Imogine est bête comme un pieu !

ORLIZ, se bouchant les oreilles, ahuri.

Mon dieu ! mon dieu ! mon dieu ! mon dieu ! mon dieu !

(Rumeurs et tumulte au dehors.)

DES VOIX

A mort ! à mort !

LES SBIRES entrent. Ils portent le costume des matelots
du *Marc-Aurèle.*

Messieurs, sauvez-nous. On nous cerne.
Nous sommes innocents.

ORLIZ, les regardant.

Hardi qui se décerne
Un tel brevet sans être un notable aigrefin !

ARIAS

Vas-tu donc les livrer ?

ORLIZ

J'en meurs d'envie !... Enfin !...

(Il ouvre une petite porte sous une tapisserie.)

Messieurs les innocents, enfilez la ruelle !

(Les sbires sortent. Orliz referme.)

C'est par là que, les soirs, où la vie est cruelle,
L'escarcelle légère et les créanciers lourds,
Viennent me consoler les femmes de velours !.....

(Tumulte au dehors.)

ARIAS

Ces matelots m'ont l'air de marins authentiques,
Et l'on en voit de tels sur les mers atlantiques.

(Des voix au dehors.)

SCÈNE II

LES MÊMES, moins LES SBIRES
DANIEL et PEUPLE

DANIEL

Ouvre, Orliz !

(Il se nomme.)

Daniel !.....

(Orliz ouvre.)

DANIEL, au peuple qui le suit.

Évadés !

ORLIZ

Ai-je eu tort ?
Je ne fais point poser les condamnés à mort.
Lorsque, sur ma palette, une araignée atroce
S'égare, je la mets dehors avec ma brosse,
Inécrasée !..... Et puis, si vous voulez ma peau,
Venez la prendre.

DANIEL

Ils ont insulté le drapeau
De la patrie, Orliz, accablé la Sicile
De malédictions ; ils n'ont plus droit d'asile
Tu peux nous les livrer sans faillir à l'honneur.

ORLIZ

Ce serait, si je les avais, avec bonheur.
Souvent au même but par des routes pareilles
On se rencontre : allons leur tirer les oreilles
Chez eux. D'où viennent-ils ?

DANIEL

De Corse.

ORLIZ, l'épée haute.

A Bastia !

TOUS

A Bastia !
(Ils sortent.)

SCÈNE III

ARIAS, RÉMI

ARIAS

Le jour où l'on embastilla
Notre ami, le bon sens public prit une entorse.
C'est la guerre, tu sais, la guerre avec la Corse !

Gaëtan est perdu. S'il revient, il la fuit,
Et la perd ; il déserte un drapeau, s'il la suit.
Apostat de l'amour, ou traître à sa patrie,
Je vois des deux côtés sa probité meurtrie,
Sauvons-la.

RÉMI

Qui ? Nous deux ? Artistes que Platon
Chasse de son banquet ! Toi, sorte de toton
Lyrique, et moi, toupie harmonique qui ronfle
Selon que l'on me fouette et que le vent me gonfle ?
Tu rêves !

ARIAS

Nul ne sait ce que les Muses font
De ces gens que l'on voit, l'araignée au plafond,
Parcourir la nature en attrapant des mouches !.....
Enfermons-nous : glissons nos pieds dans ces babouches,
Roulons le maryland et le scaferlati,
Et laissons faire aux dieux, moderne Scarlati !
Souvent une chanson est banale ou niaise :
Mais un peuple la chante, et c'est la *Marseillaise !*

(Ils s'enferment pour composer.)

SCÈNE IV

ENGUERRANDE, GAETAN

La forêt, la mer au fond, l'aurore.

ENGUERRANDE, enlacée à Gaëtan.

C'est un rêve enchanté, c'est une ivresse immense,
C'est une vision qui touche à la démence

Et nous atterrissons dans l'impossible, dis ?
Où sommes-nous ? Dans quel ilot du paradis ?
Cet azur ondoyant, c'est la mer sans rivage !
Nous allons assister au céleste arrivage
Des chérubins frileux, émigrant du soleil !...
Nous sommes égarés dans quelque astre vermeil ?...
Oh ! parle-moi. J'ai peur de n'être qu'insensée.

GAETAN, comme en extase.

J'écoute le bonheur et n'ai plus de pensée.
Mes sens sont submergés doucement par ta voix.
Je t'aspire, t'entends, je te touche et te vois,
Et ma bouche a connu la saveur de ta bouche.
Je t'entends et te vois et t'aspire et te touche,
Les siècles sont des jours ; les heures, des instants !
Je te touche, t'aspire et te vois et t'entends !
J'ignore si je nais, j'ignore si j'expire ;
Je te vois, je te touche et t'entends et t'aspire !
Je n'ai ni soif, ni faim, ni désir, et je sais,
Que nous tombons tous deux au néant : c'est assez.

ENGUERRANDE

Non, non, réveille-moi, je t'en prie : il faut vivre.
N'est-ce que la rosée ou bien est-ce le givre
Qui blanchit les rameaux de ce bois argenté ?
Sommes-nous à l'hiver ? Sommes-nous à l'été ?
Est-ce le jour, la nuit, l'aube ou le crépuscule ?
Pense, réfléchis, vois, rappelle-toi, calcule,
Depuis combien de temps nous aimons-nous toujours ?

GAETAN

Le Temps a renversé l'urne sur nos amours !
Qu'elle gravite ou non, folle et désorbitée,
Puisque nous la peuplons c'est la Terre habitée.

ENGUERRANDE

Écoute..... L'on dirait de légers pas d'enfants ?.....

GAETAN

Une biche s'égaie et joue avec ses faons.

ENGUERRANDE

De petits coups rythmés sourdent au creux des chênes ?

GAETAN

Le pivert taille un nid à ses amours prochaines.
Qu'un dieu donne la paix aux doux oiseaux nicheurs !

ENGUERRANDE

Sous les bouleaux tremblants s'enlacent des blancheurs ?

GAETAN

Ce sont des déités sylvestres en maraude
Qui dansent ta beauté sur les lacs d'émeraude.

ENGUERRANDE

Pareils à ces pistils que nous éparpillons
Du souffle, dans l'air rose, avec les papillons
D'innombrables points blancs, dorés par la distance,
Piquent la mer lointaine ?.....

GAETAN

     Enfant, c'est la laitance
D'étoiles de la Nuit.

ENGUERRANDE

   C'est une flotte !

GAETAN

     Oui.

ENGUERRANDE

Qu'as-tu donc ?

GAETAN

D'un mirage ai-je l'œil ébloui ?
Cette Armada, par une étrange flatterie,
Est teinte aux trois couleurs de ma douce patrie ?

SCÈNE V

Les Mêmes, LE BUCHERON

ENGUERRANDE

Non, ta patrie est teinte à celles de mes yeux !
Hélas ! mon cher amour, vous voilà soucieux!
(Entre un bûcheron.)

GAETAN

Bûcheron, qui t'en vas en forêt sans cognée,
Ta besogne du jour est-elle besognée,
Et tes enfants ont-ils du pain pour tout l'hiver ?

LE BUCHERON

Quand l'aigle est au combat les aiglons ont le ver ;
Les oursons ont le grain quand l'ours est en bataille ;
Mais les enfants de l'homme, avant d'être à la taille
Des voleurs, quand leur père est au combat, n'ont rien !.
Je dis : à son boulet, heureux le galérien !.....
Salut.
(Il sort.)

GAETAN

..... Il va combattre. Oh ! Quelle est cette guerre
Dont je ne suis pas, moi?

ENGUERRANDE

Gaëtan, si naguère —
C'est-à-dire un moment, — quelqu'un nous avait dit :
Vous perdrez un baiser pour un passant maudit
Qui va, docile aux lois, rejoindre sa bannière,
Tu l'aurais.....

GAETAN

Je l'aurais tiré par la crinière
A tes pieds !... Punis-moi. Je ne sais quels démons
Cherchent à nous voler l'instant où nous aimons !

ENGUERRANDE

Tu regardes pourtant du côté de la flotte ?

(Entre le Pêcheur.)

SCÈNE VI

Les Mêmes, LE PÊCHEUR

GAETAN

On vient de ce côté : c'est notre vieux pilote. —
Nous reconnais-tu ?

LE PÊCHEUR

Non.

GAETAN

Tu vas ?

LE PÊCHEUR

A ces ravins.

17

GAETAN

Est-ce entre deux douleurs, ou bien entre deux vins,
Que tu vas flageolant des jambes, et chavires ?

LE PÊCHEUR, sans lui répondre.

Que j'en ai vu sortir du port, de ces navires
Superbement gréés, cuirassés et blindés
Et pareils à ceux-ci !..... Où sont-ils ? Attendez !
Nous allons consulter le requin ou le morse !
Ils allaient en Alger, comme, eux, ils vont en Corse,
Et de beaux jeunes gens, que j'ai tous bien connus,
Les montaient, qui depuis ne sont pas revenus !.....

GAETAN

En Corse ? Ils vont en Corse ?

LE PÊCHEUR

                On le dit. Brins de pailles,
Brins de fer, c'est tout un. Le gagneur de batailles
En mer, c'est l'amiral : Le Vent.
    (Il sort.)

ENGUERRANDE

                Cet homme est fou.
Ce sont vaisseaux marchands qui partent n'importe où,
Aux Indes, au Brésil, chez Pierre ou chez Guillaume !...
Palerme est ton pays, la Corse est mon royaume.
Ennemis tous les deux ?... Sommes-nous point époux ?
    (L'attirant.)

Viens, repose son front charmant sur ces genoux
Et rentrons au pays du rêve ; sois docile.

SCÈNE VII

LES MÊMES, CHŒUR DE CONSCRITS dans la coulisse
TAMBOURS

LA CHANSON D'ARIAS

Puisque les rois ne voulent plus
Nous conduire à la guerre ;
Et puisque leurs bras sont perclus
Ou qu'il ne s'en faut guère ;
On fauchera ses ennemis,
Entre-z-amis,
Comme le seigle !...
On se fera crever la peau
Pour toi, drapeau
Sans aigle !...

(Mouvement de Gaëtan. — Enguerrande le retient.)

LES SOLDATS, entrant.

Puisque semblables aux chapons
Qui n'aiment pas les poules,
Ils ont peur d'être, les capons !
Au derrière des foules ?...
Républicains et monarchiens,
Troupeau sans chiens,
Faisons leur tâche :
Et qu'on châtre le Gaëtan
Ce gars étant
Un lâche !...

GAËTAN, hors de lui, se jette sur les soldats, d'un bond.

Misérables !

LES SOLDATS

Es-tu Gaëtan de Sicile ?
Si oui, bois ton calice, et si non, place aux gueux !
Garde pour l'ennemi tes bonds d'enfant fougueux :

Tu pourras sur son dos gavotter la courante.

(Ils sortent.)

GAETAN

Oh ! malédiction sur ma mère mourante !
Honte d'être, de vivre et de porter un nom !

(Les soldats chantent.)

Frères, ne chantez pas cette infamie ! Oh ! non.
Ayez pitié.

(Il se bouche les oreilles.)

... C'est faux, je ne suis pas un !.. Terme
D'abomination !...

(Il pleure.)

(Enguerrande tourne, et va à l'entrée du chemin par où
les soldats sont sortis.)

Hé là ! Gens de Palerme,
Concitoyens, soldats, je viens ; attendez-moi...

ENGUERRANDE devant lui, simplement.

Passe !

GAETAN, la regardant.

Je ne peux pas !

ENGUERRANDE

... Cependant, être roi
N'est pas un sort commun pour un amant vulgaire !
Être roi ? Songez-y, c'est conduire à la guerre,
Contre des étrangers tels que moi, tes amis,
Tes sujets bien-aimés, tout un peuple soumis
Qui t'adore, te veut, te chante et me jalouse.
Être roi, mon époux, c'est plaire à ton épouse
En massacrant les siens qui déjà sont les tiens !
Passe donc, car vraiment, la gloire, tu la tiens.
Je ne sais qui des deux parle le mieux en maître
L'honneur ou le devoir !... Mais c'est l'amour peut-être ?

GAÉTAN

Ils me traitent de lâche, Enguerrande, entendez-les !
Aux quatre vents du ciel ces infâmes couplets
Volent, sifflent avec leurs rimes de vipères,
Et demain les enfants les apprendront des pères !
On m'insulte. On me crache au visage. Pitié !...

ENGUERRANDE

Coupe-l'injure en deux, je t'en prends la moitié.

GAÉTAN

N'en restât-il que l'ombre ou seulement l'idée,
Elles brisent encor mon âme lapidée !
Le digne époux pour toi qu'un époux insulté
Par tout un peuple !

ENGUERRANDE

Et moi, ne l'ai-je pas été ?

GAÉTAN

Par qui ?

ENGUERRANDE

Par toi ! — Mon front, où ton baiser se joue,
A pâli sous l'affront de ta voix, et ma joue
Où ta bouche se pose, est rouge du soufflet
De tes dédains de prince et d'homme, s'il te plaît !...
Quelle Enguerrande as-tu pourtant ? Et par où cesse
La femme que je suis d'avoir été princesse ?
Quelle guerre ai-je faite aux tiens, et quels vaisseaux
Ai-je lancé sur ta Sicile et tes vassaux ?
Ah ! tu m'aimes donc moins, menteur, que je ne t'aime,
Puisque l'honneur suffit à te rendre à toi-même !
Déserte, Gaëtan : tes Etats, les voilà.

(Elle étale son corps d'un geste.)

GAETAN

Oh ! comme tes ciseaux sont doux, ô Dalila !...
Non, adieu.

(Il va à gauche.)

ENGUERRANDE, l'arrêtant, et lui montrant la droite.

Ce chemin ne mène qu'à ma couche,
Mon bien-aimé : prends l'autre.

GAETAN, la saisissant.

Ah ! donne-moi ta bouche,
Tes yeux, ton front, ta gorge et tes cheveux défaits,
Que je m'abîme au fond de l'ombre que tu fais !...
Fais-moi sombrer en toi. Fais que je disparaisse !
Bois mon honneur d'un trait. Calme d'une caresse,
La lave de mon sang qui bouillonne. J'ai peur
De te perdre ; j'ai peur de te voir, ô vapeur,
Ainsi que dans l'enfer rentrer dans la lumière,
Et de deux lâchetés, je choisis la première !
Aime-moi, je déserte, aime-moi, je trahis...
Mourez, mourez sans moi, soldats de mon pays !
Chantez ma couardise et célébrez ma honte,
Poètes de Sicile ! Insulte, grandis, monte,
Mais tu n'atteindras pas dans sa sérénité,
Une âme que déjà baigne l'éternité !...
Je suis un lâche, un lâche, un lâche, et je renie
Mon nom d'homme trois fois !...

ENGUERRANDE, dans un baiser.

Va. Pars.

GAETAN

Ah !... Sois bénie !

(Il sort en courant.)

SCÈNE VIII

ENGUERRANDE, seule.

Qu'ai-je fait ? Qu'ai-je dit ? Gaëtan !... Quoi, personne ?
Il n'est plus près de moi. Pourtant sa voix résonne,
Et mon pouls bat encore au rythme de son pouls.
Terreur, seule !... Reviens, mon amant, mon époux,
Je t'ordonne... Tiens, non, je te supplie... Écoute
Je n'ai pas dit ce mot. Tu t'es trompé. La voûte
De la forêt s'emplit parfois de sons épars...
Je n'ai pas dit : Va ! je ne t'ai pas dit : Pars !
Retourne sur tes pas, Gaëtan. Je me fâche !.....
Mais qu'est-ce que cela me fait qu'il soit un lâche ?

(Entre Noëma.)

SCÈNE IX

ENGUERRANDE, NOEMA

NOEMA

Madame, vous souffrez ?

ENGUERRANDE

Que t'importe un tourment
Que tu ne connais point ?

NOEMA

Vous parlez durement.

ENGUERRANDE

As-tu l'âge d'aimer, innocente ?

NOEMA

J'ai l'âge
Du moins de compatir.

ENGUERRANDE

Pauvre enfant de village,
Tu ne peux rien pour moi. Merci. — Prends ce collier :
Celui qui l'aura vu sur toi, noble, écolier,
Paysan ou bourgeois, t'aimera pour toi-même,
Car te voilà dotée.

NOEMA

Est-ce ainsi que l'on aime ?
Madame, mais alors de quoi donc souffrez-vous ?
Gardez votre collier, les amoureux sont fous.

ENGUERRANDE

Tu n'en veux point ?

NOEMA

Madame, à la place où vous êtes,
J'ai refusé présents plus beaux, mais moins honnêtes,
De mains douces aussi que l'on baise à genoux.

ENGUERRANDE

Accepte, je le veux.

NOEMA

Le roi m'avait dit « Nous
Voulons !... » C'était pourtant un beau manteau d'hermine,
Et tout fleurdelisé. Mais pardon...

ENGUERRANDE

Non, termine:
Le Roi ? Quel Roi ? Le nom de ton prince charmant ?

NORMA

Mais... nous n'en avons plus, Madame, en ce moment.

ENGUERRANDE

De quel doute mortel, ma pauvre âme éperdue
Est-elle, dans sa plaie ouverte, remordue !
Tu sembles me connaître, enfant, et l'on aurait
Le soupçon, à te voir errer dans la forêt,
Que tu cherches parmi les lianes, que sais-je,
Gaëtan !... La voilà plus blanche que la neige !...
Ah çà ! Vous voulez donc tous me le prendre ? Eh bien,
La mort même ne l'aura pas, car c'est mon bien !
        (Elle sort.)

NORMA

Mère du Christ, en qui toute douleur espère,
Est-ce que jamais plus je ne verrai mon père !...

SCÈNE X

ÉCHEVINS, BOURGMESTRE, JUGES et GRAND JUGE,
GENS DU CONSEIL. — ÉDILES, PEUPLE et BOUR-
GEOIS. — SOLDATS et GARDES. — ORLIZ, ARIAS.
DANIEL, LYDIE, LES SBIRES.

L'Hôtel de Ville de Palerme.

PREMIER SBIRE, à l'autre.

Ouvre l'œil : c'est le peintre auquel tu dois, copain,
De savourer encor le goût sucré du pain.

DEUXIÈME SBIRE

Est-ce qu'il nous observe ?

17.

PREMIER SOIR

Avec surabondance.

DEUXIÈME SOIR

Fondons-nous dans le peuple.

(Ils se mêlent dans la foule.)

ARIAS, à Lydie.

Oui, c'est ici qu'on danse
D'habitude, Lydie. Et, les soirs de gala,
Tels que ceux dont jadis Jean Trois nous régala,
J'ai vu des sous-préfets voltiger sous ces frises !...
L'Hôtel de Ville d'un peuple est sa boîte à surprises !

LYDIE

C'est la guerre, qu'on va déclarer aujourd'hui,
Du haut de cette estrade où sont les drapeaux ?

ARIAS

Oui.

LYDIE

Et Gaëtan ?

ARIAS

Parlons d'autre chose, ma belle.

LYDIE

Il viendra ?

ARIAS

Quand le loup paraît, le mouton bêle.
Je ne le connais plus. Raca !

PREMIER BOURGEOIS, à Arias.

..... Qu'apportent-ils
Monsieur, sur ce coussin de drap noir ?

ARIAS

Les outils

A régner.

LE BOURGEOIS

Les outils ? J'en ai la chair de poule.

ARIAS

La couronne, le sceptre, un pot de sainte ampoule,
La bénédiction papale, l'échafaud
Emblématique, en or, enfin tout ce qu'il faut
Pour travailler un peuple.

LE BOURGEOIS

O mesures cruelles !
Et l'onguent qui guérit, Monsieur, les écrouelles,
Est-il sur le drap noir ?

ARIAS

Non, il est au Codex.
Tout s'en va !

LE BOURGEOIS

Vous avez raison !

(Arias lui tourne le dos.)

ORLIZ, montrant les Sbires à Daniel.

Suis mon index.
Je suis absolument sûr de les reconnaître.

DANIEL.

Agents corses ? Tu crois ? L'un va vers la fenêtre,
L'autre est près d'Arias et rit de ses lazzi.

ORLIZ

Tirons le son du ventre à ces faux pupazzi.

(Ils entrent dans la foule.)

DEUXIÈME BOURGEOIS, à une dame.

Madame, le spectacle auquel on nous convie
Est de l'histoire ?..... On s'en souvient toute la vie.
Aussi je vous demande, au nom de votre enfant,
De permettre à mon fils d'être sur le devant.

UN HUISSIER

Place à la Cour, et place au Conseil des Prud'hommes

(Entrent Juges et Notables.)

UNE GRISETTE, à une autre.

Ma chère, grimpe donc : de la place où nous sommes
Ce qu'on voit la couronne et tous les diamants !...

L'AUTRE GRISETTE

Gros, dis ?

PREMIÈRE GRISETTE

Oh !

L'AUTRE GRISETTE

Comme quoi ?

PREMIÈRE GRISETTE

Comme des monuments.
Hein ! si nous les avions, s'en paierait-on des ânes !

DEUXIÈME BOURGEOIS, à son fils.

Ces fêtes, chez les Grecs, s'appelaient : « Atellanes »
Car..... on en attelait pour s'y rendre.

LE COLLÉGIEN, gouailleur.

Oh ! papa !

DEUXIÈME BOURGEOIS, vexé.

Ce fut donc Cicéron, mon fils, qui se trompa.
Je le regrette !

L'HUISSIER

Place aux Echevins ! — Le Maire !

ORLIZ, au Sbire qu'il a corné.

Monsieur, c'est une chose inique, et même amère,
Qu'un homme tel que vous ne soit pas décoré !.....

LE SBIRE

Mais, Monsieur.....

(Il se retourne et rencontre Daniel.)

DANIEL

Soyez doux...

ORLIZ

... Soyez édulcoré
Comme un sirop de sucre épais...

DANIEL

Soyez amène !...
Le numéro, Monsieur, qu'à la foire j'amène
Sur la tête de Turc, est cinq cent trente et huit.

LE SBIRE

Ce qu'il s'ensuit, Monsieur ?

DANIEL

Monsieur, ce qu'il s'ensuit,
C'est que si vous bronchez du pas d'une semelle,
— Roussin, je te renvoie en crêpe à ta femelle.

LE SBIRE, criant.

Vive l'Édilité de Palerme !

ORLIZ

Très fort !

LA FOULE

Vive l'Edilité !

LE SBIRE, se sauvant.

Vive le Maire, et mort

A Gaëtan !

LA FOULE

Oui, mort à Gaëtan !

L'HUISSIER

Silence !

LE MAIRE

Citoyens, que Celui qui tient dans sa balance
Le sort des nations et le nôtre, aujourd'hui
Fasse entendre sa voix. La parole est à lui.

LYDIE

Dieu va-t-il se montrer ?

ARIAS

Sous les traits du Grand Juge.

LE GRAND JUGE, se levant.

Peuple sicilien, sujet d'un roi transfuge,
Déserteur et couard, voilà ce que je dis,
Moi, vieillard et Grand Juge. — Ainsi qu'au temps jadis
Où les peuples guerriers, comme on voit dans Plutarque,
Choisissaient le meilleur des juges pour monarque,
Sans plus et simplement, j'offre et je mets aux voix
D'en élire un par mode antique de pavois.

PREMIER BOURGEOIS

Cet homme, assurément, aime la monarchie.

ORLIZ, à voix haute.

Je propose l'*Archiprépondéranarchie.*
C'est plus moderne.

(On rit.)

LE GRAND JUGE, se rassied.

Alors, je me tais.

UN GÉNÉRAL

                              Moi, doyen
Des généraux connus, je donne ce moyen :
S'agit-il de combattre? Oui. De vaincre? Oui. Le grade
Tout à l'ancienneté.

ARIAS, se levant.

                    Moi, si l'on rétrograde
Jusques aux vieux soldats par le temps exercés,
Je demande qu'on prenne au moins Artaxercès,
Car nulle ancienneté ne lutte avec la sienne !
— La reine Thalestris est aussi très ancienne...

(On rit plus fort.)

LE GÉNÉRAL

Je m'assieds.

UN ARCHEVÊQUE

            Cardinal, et Primat des prélats
De Sicile, je sais que Jésus est très las
De vos dissensions. Pour fermer la soupape
Des révolutions, frères, nommons le Pape,
Car il est le seul roi des Chrétiens !... J'ai fini.

DANIEL

Nunc venite, gentes, et erudimini...

LE MAIRE, se levant.

Assez. — Concitoyens, d'abord : — Au nom des villes,
Bourgs, bourgades, hameaux et feux, et des plus viles

Cabanes, comme au nom des plus riches palais ;
Autorisé par tous, nobles, vilains ; par les
Travailleurs et rentiers ; par ceux qui tiennent banques,
Comptoirs, bureaux, tréteaux : prêtres, juifs, saltimbanques
Vendeurs d'or, ou de ciel, ou de plaisir ; — au nom
Des travailleurs de terre et de mer, fils ou non
D'hommes siciliens de race, aborigènes
Ou naturalisés, frères dans les gehennes,
Ou frères qu'en exil le crime aventura,
Je déclare la guerre à la Corse !

LA FOULE

Hurra !

LE MAIRE descend.

Maintenant la couronne est libre. Qu'on la prenne.
Que celle ou que celui qui, voulant être reine
Ou roi de la Sicile, aura juré trois fois
Sur son honneur, sa vie et son salut, à voix
Haute, et donnant pour gage à son serment sa tête,
Celle des siens, depuis son nouveau-né qui tette
Jusqu'à celle qui l'a de son sein blanc nourri,
S'il est homme, sa femme, et femme, son mari,
Enfin tout ce qu'on aime, homme ou femme ; s'il jure
De laver le drapeau de l'exécrable injure
Dont un peuple ennemi l'a souillé lâchement,
Comme un voleur couard qui sous la hache ment ;
S'il promet de rayer le nom « Corse » du monde
De façon que nos fils cherchant sa trace immonde
A la place où le porte un peuple détesté
Le disent fabuleux et trop mal attesté.
Il convient que le trône à ce brave appartienne.

ENGUERRANDE, apparaissant hors de la foule.

Sur mon honneur, ma vie, et sur ma foi chrétienne
Je le jure !

GAETAN

..... Arrêtez !

LE MAIRE

Trop tard !

GAETAN

Qui devant moi
Ose ceindre l'épée et le titre de roi ?

ENGUERRANDE

Moi ! Saisissez cet homme et prenez-le pour gage.
Il est tout ce que j'aime au monde !

LE MAIRE

Ce langage !
Que dit-elle !

ENGUERRANDE

A présent rendez-moi mon époux !
J'ai rempli le programme et la Corse est à vous.
Je puis sans coup férir vous en faire l'offrande
Je suis reine de l'île et m'appelle Enguerrande.

ACTE CINQUIÈME

Palermo. — Le port, un cabaret.

SCÈNE PREMIÈRE

LES SBIRES, attablés.

PREMIER SBIRE

Non, j'en ai jusque-là ! C'est fini, je me range.
Je m'en vais cultiver le cédrat et l'orange
Dans un coin que je sais, non loin d'Ajaccio.

DEUXIÈME SBIRE

Moi, c'est aux environs de Bonifacio,
Entre deux rochers roux que parfume le myrte.

PREMIER SBIRE, rêveur.

Ah ! c'est là que la lune, en coquette qui flirte,
Avec les oliviers joue à colin-maillard !...

DEUXIÈME SBIRE, rêveur.

Ah ! Là-bas, le soleil couchant, ce vieux paillard,
Se cache sous la vague où flottent, comme liège,
Les mouettes qu'on voit prendre des bains de siège !...

PREMIER SBIRE

J'ai vingt ans de service... — et le mal du pays.

DEUXIÈME SBIRE

Du dégoût de mon art j'ai les sens envahis,
Et ne veux pas mourir avant d'être honnête homme.

PREMIER SBIRE

Ni moi. Si le métier te dégoûte, il m'assomme.
Je sens se réveiller sous ma peau d'argousin
Quelqu'un dont le roi dit : « Il n'est pas mon cousin ! »
Un Corse indépendant; pour t'expliquer la chose.

DEUXIÈME SBIRE

Je constate sur moi même métamorphose. —
A ta santé. — Depuis que, grâce à nos moyens,
Les gens de ce pays sont nos concitoyens,
Ma fierté d'être Corse atteint à la manie.

PREMIER SBIRE, farouche.

Il faut qu'à Bastia reste l'hégémonie
Sur Palerme, ou sinon, nous n'avons rien acquis
A cette fusion. Rentrons dans nos maquis.

DEUXIÈME SBIRE

Je me fais mal à nos nouveaux compatriotes,
Et j'éprouve parfois des rages idiotes
D'en attirer le soir, un ou deux, dans un coin.

PREMIER SBIRE

Depuis assez longtemps j'éprouve le besoin
De m'unir avec eux, comme doigt à mitaine,
Par une tripotée en chair palermitaine.

SCÈNE II

LES SBIRES, ORLIZ, DANIEL, entrant en causant.

ORLIZ, à Daniel.

Il parait qu'on doit dire, en droit régalien,
Siculo-Corse et non *Corso-Sicilien :*
Royaume réuni, capitale Palermo.

PREMIER SBIRE

Pardon, c'est Bastia.

ORLIZ, s'avançant.

Plait-il ?

PREMIER SBIRE

Si l'épiderme
Vous démange, jeune homme, on peut se dire un mot.

DEUXIÈME SBIRE

Parbleu ! c'est ennuyeux de croquer le marmot
En attendant qu'il passe un faquin de Sicile.

DANIEL, au deuxième sbire.

Mon cher, je vous ai vu quelque part.

DEUXIÈME SBIRE

Imbécile,
Comme le lièvre, alors, derrière un romarin.

DANIEL

Mon ami, vous étiez plus gentil en marin.

ORLIZ, au premier sbire.

Vous étiez plus poli, par conséquent moins Corse.

PREMIER SBIRE, à Orliz.

Tu dis, Sicilien de malheur ?

ORLIZ

Ça se corse.
Salue un peu plus bas, mécréant. Ton chapeau
Masque la cathédrale.

(Il jette à bas le chapeau du sbire.)

PREMIER SBIRE

On va changer de peau.

(Orliz et le premier sbire se battent.)

ORLIZ

Changeons.

DANIEL

Tiens bon, Orliz.

(Au deuxième sbire.)

Homme au métier infâme,
A genoux.

[DEUXIÈME SBIRE

Qui, moi ?... Lâche !

DANIEL, le saisissant au cou et l'étranglant.

Avale donc ton âme
Tout debout ! Dieu verra ce qui s'y trouve inclus.

(Le deuxième sbire tombe.)

ORLIZ, terrassé par le premier sbire.

A moi !

PREMIER SBIRE, sur ORLIZ

J'en ai mangé !

DANIEL

Tu n'en mangeras plus !

(Il l'assomme d'un coup de poing.)

SCÈNE III

ENGUERRANDE, MÉLIBÉE

Une salle du palais, à Palerme.

ENGUERRANDE, assise, abattue.

Non, de régner ainsi la tâche est trop ardue !
J'y succombe !

MÉLIBÉE

Courage !

ENGUERRANDE

Ah ! vous m'avez perdue.

MÉLIBÉE

Ces rixes cesseront bientôt. L'égalité,
Madame, est un creuset de bonne qualité
Où la diversité des races fusionne
D'autant mieux que d'abord... on se contusionne.
A calme général, coups individuels,
Et les meilleurs amis sont faits par les duels.
L'alambic bout et fume, aidons à l'alliage
Par le précipité d'un royal mariage.

ENGUERRANDE, avec un sursaut.

Vous dites ?

MÉLIBÉE

Gaëtan vous aime, et je le veux
Avec vous, vous l'aimez. Complice de vos vœux
Et d'accord avec Dieu, le peuple vous fiance.
Moi-même en cet hymen j'ai pleine confiance...
    (Geste d'Enguerrande.)

Ah ! vous n'en jugez pas au moins différemment ?

ENGUERRANDE

Moi, comte, l'épouser ? Mais il est mon amant !
(Elle se lève.)

Voilà pourquoi je suis perdue ! Ah ! triste reine !
Qui me l'arrachera, la pourpre que je traîne
Depuis huit mortels jours comme un habit de feu ?
Le peuple, dites-vous, est d'accord avec Dieu
Pour nous unir ? Eh bien, d'abord qu'il me le rende,
Le peuple ! qu'il redonne à la pauvre Enguerrande
Son compte de baisers depuis huit jours perdus,
Et les huit paradis d'amour qui lui sont dus !

MÉLIBÉE

Ne vous aime-t-il plus ? Ce serait bien infâme !

ENGUERRANDE

Ai-je dit qu'il fût mort ?... Rassérénez votre âme.
Ne plus m'aimer, qui ? Lui, Gaëtan ?... Bon vieillard,
Votre esprit, à ce coup, se voile d'un brouillard !...
De ma possession un amant se libère
Moins aisément, monsieur, qu'un peuple d'un Tibère.
Quand on m'aime, et quand j'aime, ayez sur vos papiers
Qu'on peut renier Dieu, mais qu'on meurt à mes pieds !

MÉLIBÉE

Ainsi, cette union s'ordonne d'elle-même.

ENGUERRANDE

Hélas ! Comprenez donc ceci : que, plus il m'aime,
Et plus ma royauté le sépare de moi ;
Que je perdrais l'époux en dégageant le roi ;
Que son serment fatal entre nous deux se dresse,
Et que vous avez fait, comte, une maladresse !
(Elle se rassied.)

Il ne faut pas jouer avec le feu d'amour,
Mélibée !

MÉLIBÉE, riant.

Un renard qui ne saurait qu'un tour,
A mon âge, serait indigne de sa queue,
Et les poules, madame, en riraient d'une lieue.
Régnez paisiblement : il sera votre époux.

ENGUERRANDE

Il est trop tard ; ou bien quel rêve faites-vous
Si vous avez compté lui couper la retraite
Avec le compromis d'une union secrète ?
Vous tournez le serment ? Trompez donc sa fierté !

MÉLIBÉE

Votre époux sera roi ! Régnez en liberté.
Il y va du salut de tous ! — L'Italie arme,
Et ses forces, dit-on, se concentrent à Parme.
Le cabinet Latin ne vous reconnaît pas
Pour reine de Sicile ? On a prévu le cas :
Nous ripostons d'abord par les cérémonies.
— Votre amour est l'orgueil des Iles réunies,
Madame ! — d'un hymen populaire, qui fait
De deux petits États un grand, et dont l'effet
Est *primo :* de tenir en respect cet Empire,
Puis d'asseoir un bonheur qui va de mal en pire
Entre deux jeunes gens l'un pour l'autre créés.

ENGUERRANDE

Est-ce de mon tourment que vous vous récréez ?

MÉLIBÉE, lui présentant un papier.

Madame, il faut signer ce décret d'amnistie.
De tous les droits dont une Altesse est investie
Celui de gracier est le plus doux.

ENGUERRANDE

Donnez.

(Elle signe.)

Que tous les criminels d'État soient pardonnés !
Je te signe, joyeuse, et sans qu'on m'y contraigne,
Cher acte, qui seras le premier de mon règne !
Ah ! porte-moi bonheur !

(Mélibée va au fond et amène Noëma.)

SCÈNE IV

Les Mêmes, NOEMA

MÉLIBÉE, à Noëma.

Venez, n'ayez pas peur.

(Il l'amène par la main.)

ENGUERRANDE

Si mes yeux ne sont point troublés par ma torpeur,
C'est l'enfant au manteau. Comte, que signifie ?...

NOEMA, s'avançant vers Enguerrande.

Madame, s'il est vrai comme on le certifie,
Qu'entre tous les décrets de votre main écrits
Le premier est celui du retour des proscrits,
Vous méritez vraiment, d'être reine et j'espère
Que Dieu vous bénira... car je vais voir mon père !

MÉLIBÉE, lui présentant le décret.

Ce décret, le voici. Prenez-le. Point d'effroi,
Et lisez. Il y manque un nom : celui du roi.

18

NOEMA, gaiement.

Oh ! Qu'importe, Monsieur. Qui l'a signé, gouverne.
Mon père me revient ; le reste est baliverne.

MÉLIBÉE

Hélas ! non, mon enfant, il faut vous résigner
A pleurer, si le roi ne veut pas le signer !...
Et le roi c'est le prince héritier de Sicile.

NOEMA, toujours gaie.

Gaëtan ? Mais alors rien n'est moins difficile.
Les artistes, Monsieur, ont ce défaut pour eux
D'être exagérément tendre aux malheureux.
Le prince signera plutôt quatre fois qu'une.

MÉLIBÉE

Vous n'y prévoyez pas de répugnance ?

NOEMA

                              Aucune,

Et si j'osais !...

MÉLIBÉE

          Quoi donc ?

NOEMA, confuse.

                    Excusez une enfant.

ENGUERRANDE, à part.

A-t-elle donc sur lui ce pouvoir triomphant
D'obtenir par pitié, ce que de l'amour même
Je n'ai point arraché ?

MÉLIBÉE, à part.

                    La mignonne ! Elle l'aime !

(Haut.)

Allons ! c'est grand dommage, et les pauvres proscrits,
A nos cris de bonheur n'uniront pas leurs cris
Le soir où couronnant un royal hyménée,
Le soleil laissera Palerme illuminée.

NOEMA, tremblante.

Ah ! Monsieur !... Voulez-vous me donner le décret ?

MÉLIBÉE

C'est très grave ! Il faudrait promettre le secret.

NOEMA

Je le jure ! Où faut-il qu'il signe ?

MÉLIBÉE

                              A cette place,
Et sous ces mots : « Le Roi. »

ENGUERRANDE, à part.

                              Sa sûreté me glace.

NOEMA, prenant le décret.

Il signera !

ENGUERRANDE, anxieuse.

    Par quel moyen ?

NOEMA

                        Sans vous léser,
Madame, pour le prix d'un baiser !
(Elle sort en agitant le décret.)

ENGUERRANDE

                              ... Un baiser !
Et les miens !... Par ma vie éternelle, que dis-je,
Par mon amour, je veux assister au prodige !

Et je serai présente à l'étrange entretien
Où mes baisers seront souffletés par le tien.

(Elle sort, suivie de Mélibée.)

SCÈNE V

GAETAN, ARIAS, RÉMI

Chez Gaëtan.

ARIAS, à Gaëtan.

Alors, forçat d'amour, le boulet aux chevilles.
Dans l'ombre et le chagrin tu te recroquevilles ?
Telle une poule à qui l'on a pris ses poussins ?

RÉMI

Est-ce un sort de s'user le nez sur des coussins ?

ARIAS

Viens donc au cabaret.

RÉMI

Retourne chez Lydie.

ARIAS

Voyage, va chasser le lion en Lydie,
L'hippopotame au Gange ou dans l'Himalaya.

(Gaëtan secoue la tête.)

RÉMI

Travaille alors. Souvent le travail balaya
D'un cerveau nuageux l'amour qui l'obnubile.

ARIAS

Épouse quelque idée artistique et nubile,
Ou reprends ta Vénus Astarté.

(Gaëtan secoue la tête.)

RÉMI

... Désolant !

(A Arias.)

Dans la chimie humaine, il n'est tel isolant
Que l'amour !

(Entre Noëma.)

ARIAS

Noëma ! quel bon destin t'envoie ?

SCÈNE VI

LES MÊMES, NOEMA, puis ENGUERRANDE

NEOMA, entrant, émue.

Salut, Messieurs ; il faut que sans tarder je voie
Le prince Gaëtan.

ARIAS

Qu'y a-t-il ? Ton sein bat
Comme celui d'un brave à son premier combat.

NOEMA, courant à Gaëtan.

Ah ! c'est lui.

GAETAN

Que veux-tu de moi ? — Tu t'agenouilles ?
Omphale est-elle aux pieds du Dieu porte-quenouilles ?
Debout, je suis un homme.

(Il la relève.)

18.

NOÉMA

Oh ! je le savais bien
Que nul n'est plus que vous généreux, et combien
J'avais raison de dire : il signera cet acte !
Ma prophétie était, j'en étais sûre, exacte.
Accourez, goélands, et revenez d'exil !...
Ah ! quel bonheur !

GAÉTAN

Quel acte, et de quoi s'agit-il ?

NOÉMA, lui donnant le décret

Lisez.

GAÉTAN, lisant le décret.

C'est un décret d'amnistie.

NOÉMA

Oui.

(Enguerrande paraît et écoute.)

GAÉTAN, voyant la signature d'Enguerrande.

J'envie
La main qui le signa. Je donnerais ma vie
Pour mériter l'honneur d'écrire mon nom là ;
De tous les droits d'un roi c'est le plus beau qu'il a,
Et c'est le seul aussi que Gaëtan regrette.

NOÉMA

Mais s'il en est ainsi, signez, la place est prête :
Voyez.

GAÉTAN

Mais, Noëma, je ne suis pas le roi.

NOÉMA

N'étez-vous pas celui de la reine ?

GAETAN

Tais-toi.

NORMA

O monsieur Gaëtan, signez, je vous en prie !...
Signez pour qu'on me rende et pour qu'on rapatrie
Le vieil homme qui pleure au fond des mers. Signez,
Afin que de l'enfer, où vous les consignez
Par un refus mortel, de pauvres gens ! — vos frères —
Arrachés au bonheur par des lois arbitraires
Sortent pour vivre ainsi que des hommes, et non
Comme des chiens maudits ! Ah ! mettez votre nom
A cet acte d'honneur, de grâce et de concorde.

GAETAN

Certes ! J'aimerais mieux avoir au cou la corde
Que d'entendre ta voix d'enfant, et que de voir
Trembler ton frêle corps de vierge, sans pouvoir
Te donner, Noëma, ce que tu me demandes !

NORMA

Hélas ! Les amandiers entr'ouvraient leurs amandes,
Dans les sentiers mouillés fleurissaient les jasmins
Le jour où, sous l'orage, et me tenant les mains
Dans les vôtres, ainsi qu'un riche qui se joue,
Vous parliez d'acheter un baiser sur ma joue !...
— Ta joue, ô Noëma, ne vaut pas un baiser ! —
J'ai rêvé !...

(Elle pleure.)

GAETAN

Que faut-il faire pour apaiser
Ton chagrin ? Parle, ordonne et dicte. Je contracte
Le serment d'obéir à ta loi.

NOEMA

Signez l'acte.

GAETAN

Eh bien, donne.

ARIAS et RÉMI, apercevant Enguerrande.

... La reine !

RÉMI

Ah !... Le piège est ourdi
De main de maître !

ARIAS

Moi, j'en suis abasourdi !...
S'il signe le décret, il fait acte implicite
De roi ! Donc il l'est, vlan, comme par plébiscite.
Parjure à son serment, son honneur coule bas.

RÉMI

Et d'un autre côté, s'il ne le signe pas,
Homme inhumain et dur aux proscrits en détresse.
Il renie à la fois son nom et sa maîtresse.

GAETAN

(Il ouvre son pourpoint, et met le décret sur sa poitrine.)

Il ne sera pas dit que traître à mon serment,
Je serai l'être vil qui torture ou qui ment !
Il ne sera pas dit que l'amour, noble tâche
Qui fait des dieux, aura de moi seul fait un lâche,
Que je m'associrai, — lamentable ouvrier
Du devoir, — en pleurant, comme un vieux lévrier
Dont le flair expirant s'exhale sous la verge,
Devant les deux chemins où mon honneur converge !

Il ne sera pas dit que celle qui là-haut
M'attend, aura surpris son enfant en défaut ;
Et que celle ici-bas qui m'a doublé la vie
Aura douté de l'homme auquel elle est ravie !
Non, non, tes doux espoirs ne seront pas leurrés,
Noëma. Pauvres gens et proscrits qui pleurez,
Vous sentirez encor sous le vent qui l'étale
Le céleste parfum de la terre natale !
Je signerai cet acte.....

NOEMA, battant des mains.

Ah ! Seigneur tout-puissant !

GAETAN, tirant son poignard.

Et je le signerai, comme un roi, de mon sang !
Ainsi qu'un testament je veux qu'on l'entérine,
Et qu'il reste affiché, sanglant, sur ma poitrine !.....

(Il lève le poignard pour se frapper. — Enguerrande lui saisit le bras.)

ENGUERRANDE

On ne meurt pas tout seuls, quand on aime.... On s'attend.

(Elle ouvre une croisée, au fond. On voit passer des soldats.)

Regarde ces soldats qui vont, tambour battant,
Et juge qui des deux aime le plus ?

GAETAN

La guerre ?

ENGUERRANDE

Non pas celle où l'on va, dans un débat vulgaire,
Disputer pour les droits d'un règne en puberté ?
La guerre pour le sol et pour la liberté !
La guerre sainte, celle où la mort est sereine
Et bénie, où le roi combat près de la reine,

Ainsi qu'un homme libre et brave, qui défend,
Sous des yeux adorés, sa tente et son enfant !
La guerre où je serai, la guerre où tu dois être ;
Qui t'appelle vivant et qui me prend un maître
Pour m'unir à l'époux enfin restitué.
La guerre, Gaëtan, où tu seras tué !
La guerre où ton épée, à ton poignet loyale,
Taillera noblement une couche royale
A cet amour que Dieu veut pour son firmament !
Est-tu content de ta maîtresse, ô mon amant ?

GAETAN

A la mort ! A l'amour, ô ma guerrière !

ENGUERRANDE

A Rome !

GAETAN

L'acte sera signé, Noëma, d'un sang d'homme !

SCÈNE VII

ENGUERRANDE et GAETAN, étendus morts, côte à côte
et les mains unies, sous une tente. — MÉLIBÉE, ORLIZ,
ARIAS, DANIEL, RÉMI, LES AUTORITÉS SICILIENNES,
NOEMA à genoux au pied du catafalque.

Les abords d'un champ de bataille.

LE BOURGMESTRE, à Orliz.

Morts tous les deux, Orliz ?

ORLIZ

Oui, monsieur l'Echevin.
Nous les avons trouvés sur le bord d'un ravin,

Lui, la poitrine ouverte, Elle, sans nulle plaie
Apparente, et portés ici sur une claie.

LE BOURGMESTRE

La reine est sans blessure !

ORLIZ

Oui, l'âme n'en a pas !

LE BOURGMESTRE

On parlera longtemps de ce noble trépas
Que la liberté nimbe encor d'une victoire.
Le poète Arias en écrira l'histoire,
Et sur un monument d'argent et de paros
Daniel sculptera le groupe des héros.
Rémi nous chantera dans un hymne funèbre
Les fatales amours de ce couple célèbre,
Et le pinceau d'Orliz, éternisant leurs traits,
Pour notre hôtel de ville en peindra les portraits.
Soldats et citoyens, la monarchie est morte
En Sicile. Ce couple en son linceul l'emporte !
La République fait, par ce rude moyen,
Du dernier de nos rois son premier citoyen...
Et toi, femme, qui fus un instant notre reine,
De notre liberté tu seras la marraine,
Et tous nos nouveau-nés seront, pendant un mois,
Baptisés de ton nom et dotés par les lois.

NOEMA, se dressant.

Arrêtez.

LE BOURGMESTRE

Qu'y a-t-il ?

NOEMA, reculant.

Le prince !..... Sa main bouge !

Le décret tombe de la poitrine de Gaëtan.)

C'est le décret. Horreur ! De quel paraphe rouge
Est-il signé !

  (Elle embrasse Gaëtan sur le front.)

   Serment tenu, baiser promis !

   LE BOURGMESTRE, à Gaëtan.

Que votre volonté soit accomplie !

  (Il prend le décret.)

      Amis,

A la porte du camp, le clairon nous annonce
De Sardaigne, un légat et d'Italie, un nonce.
L'un apporte la paix et l'autre l'union
Des trois îles en une. A mon opinion
Nous devons accepter, l'offre n'a rien d'oblique.
La Méditerranée aura sa république.

  (Cris d'enthousiasme.)

   MÉLIBÉE, au public.

Virgile l'enseigna par Énée à Didon :
Le meilleur diplomate est encor Cupidon.
Monsieur le maire, allons forger à la Mairie
La Constitution de notre Chimérie.

ÉVREUX, IMPRIMERIE DE CHARLES HÉRISSEY

SOCIÉTÉ D'ÉDITIONS LITTÉRAIRES ET ARTISTIQUES

LIBRAIRIE PAUL OLLENDORFF

30, Chaussée d'Antin, 30

THÉATRE D'ÉMILE BERGERAT

PREMIER VOLUME

Une Amie — Père et Mari
Ange Bosani — Séparés de corps
Le Nom

DEUXIEME VOLUME

Herminie — Flore de Frileuse
Enguerrande

TROISIEME VOLUME

La Nuit Bergamasque — Myrane
Le Premier Baiser — Le Capitaine Fracasse

QUATRIEME VOLUME

Manon Roland — Plus que Reine

CINQUIEME VOLUME

Le Martyre théâtral, histoire de mes pièces,
1865 à 1899.

ÉVREUX, IMPRIMERIE DE CHARLES HÉRISSEY

www.ingramcontent.com/pod-product-compliance
Lightning Source LLC
Chambersburg PA
CBHW050206030726
47505CB00005B/1538